눈을 감고

귀를 닫아요

•
•
•

그래야 들을 수 있어요

산책을 듣는 시간

정은 장편소설

제16회 사계절문학상 대상 수상작

차례

고래의 귀지

나는 외로움이 뭔지 잘 모른다. 대체로 늘 그랬으니까. 나는 소리를 못 듣는다는 게 뭔지 잘 모른다. 마찬가지로 늘 그래 왔으니까. 내 모어는 수화다. 아기 때부터 엄마와 수화로 대화를 나눴고 수화로 세상을 배웠다. 입술의 모양과 손짓과 눈빛으로 대화하는 것은 아름답다. 뜨개질하듯이 손으로 말을 엮는 게 좋고, 서로의 눈과 입술을 보며 집중하는 게 좋다. 그 순간엔 세상에 단둘만 있는 느낌이다.

나는 가끔 수화로 혼잣말을 할 때가 있다. 마주 보고 대화하는 사람이 없어도 수화를 하고 있으면 머릿속이 정리된다. 나 자신과 마주 보고 있는 느낌이 든다. 수화로 혼잣말을 하며 걸어가는 나를 본 사람들은 내가 춤을 추고 있다고 생각했을 것이다. 실제로 나는 손안에 투명한 새 한 마리를 기르는 느낌으로 수화를 하며 걸어 다닌다. 새를 쓰다듬듯이.

내 귀가 안 들린 기간은 십칠 년 오 개월 하고도 일주일쯤 된다. 태어난 지 열 달쯤 되었을 때 까닭 모를 고열로 병원에 입원했는데, 귀가 안 들린다는 사실을 그때 알게 되었다고 한다. 구조적으로 귀에 딱히 문제는 없는데 태어날 때부터 달팽이관이 소리를 전달하지 않았다고 한다. 내 귀가 안 들리는 이유를 물으면 엄마는 언제나 고래처럼 귀지가 많아서라고 했다. 고래는 평생 귓속에 귀지를 쌓아 둔다고 한다. 이동기와 번식기에는 두께와 색이 달라지는데 그래서 나이테처럼 살아온 이력이 귀지에 그대로 새겨진다고 한다. 고래처럼 내 귀지에도 살아온 이력이 새겨지고 있을까? 언젠가 내 귀지가 그동안 수집해 온 소리를 모두 쏟아 내는 날이 올지도 모른다고 믿으며 나는 살아왔다.

나의 출생에 관해서는 약간의 혼란스러운 점이 있다. 나는 서울 시내 대학이 몰려 있는 지역의 오래된 주택가에서 할머니와 고모, 엄마와 같이 살았다. 나는 엄마가 있다. 태어난 적이 있는 모든 사람이 그렇듯이. 그리고 아빠도 있는 것 같다. 정확히 말하자면 아빠라고 짐작되는 사람이 두 명 있다. 아빠와 아빠의 일란성 쌍둥이 형제인데, 둘 중 한 명이 아빠다. 그건 확실하다. 그렇지만 정확히 누가 아빠인지는 모른다. 유전자 검사를 해도 둘은 일란성 쌍둥이니까 친아빠일 확률은 같다. 자세한 내막이 궁금했지만, 우리 집에서 아빠에 대해 물어보는 건 금기 사항이다. 아무도 아빠에 관해 얘기하지 않았고 그들은 한 번도 집에 찾아오지 않았다. 그것 때문에 서운한 적은 없었다. 부족한 것보다는 아예 없는 게 나을 때도 있는 법이다. 이미 존재하는 건 어쩔 수 없지만, 존재하지 않는 것은 무엇이든 될 수 있다.

나는 구름이 흘러가며 내는 소리, 물결이 번져 나가는 소리를 알고 있다. 상상 속에서 그 소리를 만들어 냈다. 마찬가지로 나는 내 아빠도 만들어 냈다. 나의 아빠는 두 명이고, 그들은 자아가 연결된 쌍둥이다. 그들은 동시에 같은 것을 느끼고 멀리 떨어져 있어도 서로의 존재를 느낄 수 있다. 그중 한 명은 화성 탐사단에 선발되어 화성에 세운 비밀 기지에서 살기 위해 중국의 타클라마칸 사막에서 적응 훈련을 받고 있다. 또 한 명은 콜롬비아의 메데인 카르텔의 제조 팀장으로 카리브해 깊숙이 숨겨진 잠수함에서 코카인을 제조하고 있다. 아마 돈을 버느라 너무 바빠서 나를 찾아올 시간이 없을 것이다. 나의 아빠는 그 모든 것이 될 수 있다. 물론 상상이 아닌 몇 가지 사실도 있다. 내가 아는 한 아빠는 단 한 번도 나를 때리거나 야단치지 않았다. 그런 면에서는 좋은 아빠였다.

내게 수지란 이름을 지어 준 것은 고모였다. 한자로 빼어날 수(秀)에 알 지(知)를 쓰기로 정했다. 그런데 전날 마신 술이 덜 깬 채 출생 신고를 하러 간 고모는 '수'의 한자가 도무지 생각나지 않아 빼어날 수(秀) 대신 손 수(手)를 적고 왔다. 그래서 공식적으로 내 이름은 손 수(手)에 알 지(知), 손이 안다는 뜻이 되었다. 그 이름에 퍽 어울리게도 나의 최초 언어는 수화였다.

엄마와 대화할 때 쓰는 수화는 보통의 수화와 전혀 달랐다. 우리 집에서만 통용되는 일종의 외국어였다. 엄마가 나와 소통하기 위해서 그때그때 즉석에서 수화를 만들어 쓰기 시작했는데 해가 갈수록 점점 복잡해졌다. 처음부터 계획적으로 만들었다면 체계적이었겠지만 운이 없게도 그러지 못했다. 단어가 늘어날수록 동작이 복잡해지다가 결국엔 손과 얼굴뿐만 아니라 팔과 다리를 모두 사용하는 기묘한 막춤 같은 것이 되어 버렸다. 그러다 보니 몇 가지 단어만 반복해서 쓰게 되고 그 몇 개의 단어가 여러 가지 뜻을 갖게 되었다. 가령 수화로 '작은 의자'라는 단어는 엄마 방에 있던 화장대 의자를 뜻했고, 그건 엄마가 곧 집 밖에 나가야 한다는 뜻이기도 했다. 또 내가 잘못했을 때 앉아 있어야 하는 의자이기도 해서 반성한다는 의미도 있었다. 또 나는 미안하다는 의미로도 그 단어를 사용했다. 동시에 엄마를 뜻하기도 했다. '큰 의자'라는 단어는 할머니가 앉는 큰 의자를 의미했고 할머니를 뜻하면서 식사 시간을 의미하기도 했다. 음식을 다 먹어 치운 '빈 접시'는 좋다는 뜻도 있었다. 주로 집에 있는 사물들을 수화로 바꾸어 사용했다.

그 수화는 우리 집에 단단히 붙어 있었다. 이 수화로 사전을 만든다면 우리 집의 도면이 될 것이다. 우리의 대화는 단어의 나열이었다. 작은 의자-달-달-구름-접시-접시-책장-문-식탁-서랍장-마루-벽장-마당의 향나무. 이것이 우리가 나누는 대화였고, 그것만으로도 완벽하게 의사소통이 되었다. 여기엔 우리 두 사람만 알 수 있는 미묘한 농담이 있고, 뉘앙스가 있었다. 수화로 전달되는 섬세한 감정과 농담을 말로는 전할 수 없다. 우리가 나눈 대화는 우리 둘만 온전히 이해할 수 있었다. 그 세상은 더할 것도 뺄 것도 없이 완벽했다.

수화로도 즉각적인 의사소통이 가능했기 때문에 나는 한국어를 힘들게 배웠다. 수화로 충분히 이해가 되는데 그걸 글자로 옮겼다가 다시 사물을 지시하는 과정이 복잡하고 멍청하게 느껴졌다. 그런 이유로 은유나 추상이란 개념도 오랫동안 이해하지 못했다. 그것이 내게 세상의 기본값이었고 은유나 추상이 아닌 것이 뭔지 몰랐기 때문에. 나는 당연히 엄마도 나처럼 듣지 못하는 줄 알았다. 엄마는 말도 거의 하지 않아서 오랫동안 그렇게 생각했다. 아닌 걸 알았을 때 느꼈던 배신감은 정말 컸다.

내가 나고 자란 할머니 집은 오래된 동네의 언덕 꼭대기에 있었다. 시멘트로 널찍하게 만든 층계를 열아홉 계단 올라가면 작고 낡은 녹색 철문이 있고, 그 철문을 열고 들어가면 넓은 마당이 있고, 건물 두 채가 디귿 자 모양으로 맞닿아 있었다. 우리 집은 오른쪽에 위치한 단층 한옥이었다. 미닫이 유리문을 열고 들어가면 마루가 있고, 세 계단쯤 내려가면 좁고 긴 부엌과 세 개의 방이 나왔다. 나무 창틀에 창호지를 댄 커다란 미닫이

창이 방마다 있는 1960년대식 집이었다. 왼쪽 건물은 2층짜리 기역 자 모양의 공동 주택으로 바깥쪽은 붉은색 벽돌로 마감했고, 마당 쪽 외벽은 흰색과 검은색 타일을 붙여 모양낸 1980년대 스타일의 집이었다. 이 건물 1층엔 부엌 겸 욕실이 딸린 단칸방이 세 개, 2층엔 하숙생 방 네 개가 있었다. 이 건물에서 나오는 월세와 하숙비가 우리 집의 주 수입원이었다. 조금씩 필요에 따라 수십 년간 불법 증축과 수리를 거듭해서, 두 건물에는 부족한 것이 없었지만 막상 제대로 된 공간은 하나도 없었다.

모든 것이 비계획적이고 비효율적이었다. 옅은 회색으로 칠한 안쪽 벽은 들떠서 조각조각 부서져 비듬처럼 떨어지고 있었고, 마루 앞 공간을 덮고 있는 반투명 슬레이트 지붕은 군데군데 깨져서 빗물이 샜고, 그 지붕을 떠받치고 있는 나무 기둥 아랫부분은 흰개미가 갉아 먹어서 쓰러지기 직전이었다. 쓸모없는 공간이 많다는 건 빈틈이 많다는 뜻이고, 빈틈이 많다는 건 숨을 공간이 많다는 뜻이다. 엄마는 내가 숨는 걸 싫어했다. 엄마와 나만의 수화로 듣는다고 하면 숨는다는 뜻이었다. 나무 위든 다락방이든. 누가 불러도 못 들을 테니까 절대로 숨으면 안 된다고 엄마는 수화로 그렇게 말했다. 하지만 나는 옥상에 있을 때, 벽장 안에 앉아 있을 때 내가 못 들어도 괜찮다는 사실에 안심했다. 아무도 나를 못 보니까. 그런 곳이라면 누구라도 들리지 않는 느낌이 들 테니까. 벽장 안에 숨어 있을 때마다 막혀 버린 귀 안쪽에 나 자신이 통째로 들어가 있는 기분이었다. 그곳은 아늑하고 편안했다.

나는 학교에 다니기 전까지 대문 밖으로 혼자 나간 적이 없다. 그러면 큰일이라도 나는 듯이 어른들이 겁주기도 했지만, 나갈 필요가 없기도 했다. 집 안에 모든 것이 있었다. 친구만 빼고. 할머니, 엄마, 고모와 하숙생들 대여섯 명까지. 대식구였다. 밥을 긴 식탁에 가득 차려서 함께 먹었다. 사람이 너무 많아서 밥을 1부, 2부로 나눠서 먹을 때도 있었다. 하숙생은 대부분 우리 집 앞에 있는 대학교에 다녔다. 하숙생들 방엔 컴퓨터와 많은 책들이 있었다. 기타와 스프링이 달린 이상한 운동 기구도 하나씩 있었다. 나로선 이해할 수 없는 세계였다. 모두가 알 수 없는 단어들로 빠르게 대화했다. 아무리 쳐다봐도 이해할 수가 없었다. 나는 어느 방이든 아무렇지 않게 드나들었고, 어떤 대화에도 끼어들어 옆에 앉아 있을 수 있었다. 하지만 이해할 순 없었다. 그들은 나를 상관하지 않았다. 나는 귀염을 받았지만 어디에도 소속될 수 없었다. 나는 강아지처럼 사랑받고 있었다.

엄마는 언제나 내게 크고 헐렁한 옷을 입혔다. 작은 옷을 입히면 그 옷에 맞춰서 내가 자라나지 않을까 봐 걱정된다는 듯이. 바닥에 끌리는 긴 잠옷 같은 헐렁한 원피스를 입은 나를 하숙생들은 꼬마 유령이라고 불렀다. 나는 새침한 표정으로 세상에 조금 삐쳐 있는, 적당히 행복한 꼬마 유령이었다.

유치원도 안 다녔던 내가 하는 일이라곤 온종일 하숙생들 방과 옥상과 부엌과 마당을 이리저리 뛰어다니며 노는 것뿐이었다. 잘 시간이 되면 혼자 씻고 방으로 가서 누웠다. 그러면 엄마가 내 옆에 누워서 하루 동안 보고 느낀 것을 수화로 들려주었다. 나 역시 일기를 쓰듯 내가 본 걸 엄마에게 들려주었다. 엄마가 꾸벅꾸벅 졸면 엄마의 손을 들어서 내 손을 감싸게 했다. 눈을 감으면 내 얘기를 들을 수가 없으니 손으로라도 들으라고. 들으면서 잠이 들라고. 마치 엄마와 나의 뇌를 동기화하는 과정 같았다. 우리는 같은 기억을 가지고 있었다. 엄마 배 속에서 살았던 시절의 연장 같았고 우리는 말보다 더 많은 것을 이해했다. 내가 비교적 어린 시절을 잘 기억하고 있는 건 그 때문이다.

다섯 살 때부터 국어교육과에 다니는 하숙생한테 한글 과외를 받았다. 한국어도 모르는데 한글을 익히는 게 쉽지는 않았지만 달리 할 일이 없었기 때문에 일찍 배운 것 같다. 하숙생이 집안 곳곳에 붙여 둔 낱말 카드를 보며 글자를 점차 익혀 나갔다. 마침내 눈으로 글을 읽을 수 있었지만 발음하는 법은 몰랐다. 그 소리가 어떻게 들리는지 몰랐다. 뜻을 가진 문자로 한글을 익힌 셈이다. 책을 읽기 시작하면서 이해 능력이 비약적으로 늘어났다. 수화가 내게 모국어라면 한글은 제1외국어였다.

별채의 2층에는 하숙생들이 살았고, 1층에는 두 가구가 살고 있었다. 오른쪽은 신혼부부가, 왼쪽은 윤옥이네가 살았다. 윤옥이는 나보다 두 살 아래였고 윤옥이 동생 미옥이는 네 살 아래였다. 윤옥이랑 미옥이는 문 앞에 쭈그려 앉아 있을 때가 많았다. 늘 울어서 눈이 부어 있었고 민소매와 반바지 바깥으로 드러난 살은 멍투성이였다. 날마다 새로운 꽃이 피어나듯이 새로운 멍이 생겨났다. 나는 마루 끝에 앉아서 스케치북에 그 애들의 멍 자국을 그렸다. 그게 왜 생긴 것인지 그림을 가리키며 물었지만 둘은 모른다는 듯이 혹은 말할 수 없다는 듯이 고개를 저었다. 언젠가는 윤옥이의 아빠가 파리채로 윤옥이 등에 앉은 파리를 잡으며 마당까지 뛰어나온 적이 있다. 파리가 무서웠는지 윤옥이는 울면서 도망치듯 달렸다. 마당을 두 바퀴 돈 뒤에 아저씨는 파리채를 던지고 집에 들어갔지만, 윤옥이는 들어가지 않았다.

나는 화단에서 뽑은 토끼풀꽃으로 팔찌를 만들어서 내밀었다. 윤옥이는 받지 않았다. 고개를 돌리고 나를 못 본 척했다. 마치 나와 말을 하면 큰일이 난다는 듯이. 매번 그랬다. 가끔은 생전 처음 보는 눈빛으로 나를 똑바로 바라보기도 했다. 그 눈빛이 의미하는 바가 뭔지 그때는 몰랐다. 나중에 학교에 들어가고 나서야 그 의미를 알게 되었다. 그것은 동정이었다. 그 전까지는 동정받고 있다는 사실도 몰랐다. 아니 그런 감정이 있다고는 상상조차 못 했다. 그런 복잡한 감정을 배우기엔 너무 바빴다. 행복해하느라. 몰랐으니까 친구가 되려는 시도를 몇 번 더 했겠지. 그 시도가 성공하기 전에 윤옥이는 이사를 갔다. 어느 밤에 윤옥이 엄마와 미옥이와 함께 갑자기 사라졌다. 윤옥이 아빠는 새로 이사 간 집 주소를 잊어버렸는지 함께 이사를 안 가고 우리 집에서 혼자 몇 년을 더 살았다.

친구는 없었지만 나는 혼자 노는 법을 여러 가지 개발했다. 그중에 하나는 노래 지도 만들기다. 공간에서 공간으로 이동할 때마다 지도와 같은 노래를 하나씩 만들었다. 물론 이 노래는 속으로만 불렀다. 노래라기보다는 리듬 타기나 춤에 가까웠다. 안방에서 별채 옥상까지는 내 발로 서른여섯 걸음이었다. 발걸음 하나마다 음에 해당하는 촉감이 있었다. 안방 창문 앞에서 시작해 네 걸음 걸으면 방문이고, 문을 열고 나무판이 깔린 차가운 마루를 덜컥덜컥하며 세 걸음 내디딘다. 내 귀엔 그 소리가 들리지 않았지만 내 발에 닿는 마루의 감촉이 덜컥덜컥했다. 그런 다음 현관으로 뛰어 내려와 슬리퍼에 발을 끼우고 시멘트 블록이 깔린 마당을 다섯 걸음 지난다. 차갑고 묵직한 철제 상수도관 뚜껑을 밟는다. 언제나 한 발로 강하게 떨어지듯이 밟는다. 그러면 그 진동이 발 전체로 올라온다. 그건 내가 몸으로 들을 수 있는 소리다. 그다음 열세 걸음에 계단을 오르고 방향을 틀어 2층 복도를 걷다가 계단을 오르면 마침내 옥상에 도착한다.

우리 집은 언덕 꼭대기에 있어서 그 위에서는 동네 집들이 훤히 다 내려다보였다. 한 바퀴 돌면서 그 집들을 보는 것이 이 노래의 마무리였다. 그렇게 하나의 노래가 완성된다. 지도와 같은 서른여섯 걸음짜리 노래였다. 기분이 가라앉을 때는 항상 의식처럼 이 노래를 불러내어 옥상에 올라가 시간을 보냈다. 안방에서 미진 슈퍼까지의 노래, 부엌과 마당 나무의 노래도 있었다. 많은 노래를 만들었기 때문에 멋진 무용수가 될 수 있다고 생각했다. 하지만 엄마는 음악을 들을 수 없으면 무용수가 될 수 없다고 했다. 음악에 맞춰 춤을 출 수 없으니까. 엄마 말에 동의하지는 않았지만 무용수가 되려는 꿈은 포기했다. 대신 음악가가 되기로 했다. 내 연주를 나는 못 들어도 다른 사람은 들을 수 있을 테니까.

나는 피아노를 사 달라고 조르기 시작했다. 엄마는 돈이 없다며 사 주지 않았다. 나는 스케치북에 피아노 건반 모양을 그려서 연주하며 놀았다. 그 모습을 본 하숙생들이 멜로디언을 선물해 주었다. 나는 티브이에서 본 피아노 연주자를 흉내 내며 열정적으로 아무 건반이나 눌렀다. 듣기가 괴로웠는지, 하숙생들은 동요 악보집도 사다 주었다. 하숙생들이 건반 위에 계이름을 적어 주었고 악보에도 음표마다 글씨를 적어 주었다. 나는 똑같이 생긴 글씨를 따라서 연주했다. 그건 연주라기보다는 게임에 가까운 행위였던 것 같다. 멜로디언 호스를 입에 물고 바람을 불면서 건반을 누르면 그 감촉이 손으로 그대로 전해졌다. 왼쪽에 있는 건반은 무거웠고 오른쪽에 있는 건반은 가벼웠다. 그 감촉의 차이가 음이라는 것을 알 수 있었다.

내게 소리는 무게였다. 마루 끝에 앉아 멜로디언을 무릎 위에 올려놓고 열심히 바람을 불어 가며 노래 한 곡을 다 쳤을 때, 때마침 열린 대문 사이로 바람이 한 줄기 불어왔고, 나는 갑자기 세상이 조금은 달라진 것 같다고 느꼈다. 시위하듯 밤낮으로 멜로디언을 분 덕에 마침내 엄마 손을 붙잡고 동네 피아노 학원에 등록하러 갈 수 있었다. 내가 잘할 수 있다는 것을 증명하기 위해서 악보에 있는 어려운 곡을 멜로디언으로 열심히 연습해 갔다. 하숙생들을 붙잡아 앉혀 놓고 내가 제대로 연주하고 있는지 확인도 받았다.

피아노 학원은 우리 집보다 훨씬 좋은 2층짜리 신식 단독 주택이었다. 우리 집처럼 시멘트 블록이 깔린 마당이 아닌 잔디가 깔린 정원이 있었다. 나무들도 근사한 모양으로 잘 다듬어져 있었다. 거실 천장은 높았고 유리컵 같은 조명이 달려 있었다. 바닥도 벽면도 천장도 모두 짙은 빛의 나무로 장식이 되어 있었다. 거실 한가운데에 그랜드 피아노가 놓여 있었고 부엌 반대쪽으로는 긴 복도에 피아노만 놓인 작은 방 네 개가 연달아 이어졌다. 나는 그랜드 피아노에 매혹되었다. 그건 먼바다로 나갈 수 있는 커다란 크루즈선 같았다. 오래되고 듬직한 나무로 만든 커다랗고 화려한 배. 그 배가 나를 좋은 곳으로, 크고 먼 세상으로 데려다줄 것만 같았다. 이상한 기대감으로 심장이 두근두근했다. 그랜드 피아노 옆으로는 2층으로 올라가는 나선형 나무 계단이 있었다.

엄마가 원장님과 상담할 동안 나는 이리저리 돌아다니며 구경을 했다. 서너 명의 아이들이 지루한 표정으로 거실 시계에 시선을 고정한 채 소파에 앉아 있었다. 테이블 위에 공책을 펴 놓고 숙제하는 아이들도 있었다. 나는 2층으로 올라갔다. 계단 바로 옆 방문이 살짝 열려 있었는데 안은 컴컴했다. 나는 문틈으로 안을 들여다보았다. 창문이 없는 방인 데다가 불도 켜지 않아 어두웠다. 그 어둠 속에서 피아노를 치는 사람이 있었다. 열린 문틈으로 미세한 빛이 들어오고 있었고 건반이 그 빛을 받아서 반짝였다. 작은 손이 건반을 빠르게 왔다 갔다 했고 그럴 때마다 건반에서 반사된 빛이 춤을 췄다. 그 현란한 춤이 아름다워서 나는 넋을 놓고 보았다. 그 춤추는 빛을 음악이라고 부르고 싶었다. 내 손도 건반과 함께 빛의 춤을 추게 하고 싶었다.

문을 조금 더 열자 손가락이 멈추고 춤이 갑자기 중단되었다. 아마도 달려오던 음들이 갑자기 힘을 잃고 와장창 무너졌을 것이다. 몸 안에서 차곡차곡 쌓여 가던 무언가가 와장창 무너지는 느낌을 받았다. 생전 처음 느끼는 감정이었다. 연주를 멈춘 사람이 고개를 돌려 눈이 마주쳤는데, 내 또래의 남자아이였다. 눈에서 빛이 번쩍거렸다. 눈물 같았다. 그 순간 내가 옥상에 혼자 있을 때만 느끼는 감정이 들이닥쳤다. 나는 옥상에 있을 때만 그 감정을 느낄 수 있었기 때문에 그것을 옥상의 마음이라고 불렀다. 옥상에 사는 감정이라고 생각해 왔던 것이 다른 장소로 나를 찾아온 것이 의아했다.

나는 감정이 어떤 장소에 사는 것이 아니라 장소에 상관없이 찾아오기도 한다는 것을 처음으로 깨달았다. 문을 열고 들어가 그 아이 옆에 앉고 싶었다. 그 감정을 좀 더 강렬하게 느껴 보고 싶었다. 하지만 그 순간 내 어깨를 잡아끄는 손이 있었다. 엄마였다. 나는 누가 내 몸에 손대는 것을 병적으로 싫어했기 때문에 소스라치게 놀랐다. 엄마는 내가 놀라거나 말거나 신경도 쓰지 않은 채 완강하게 내 손을 잡아끌고 학원을 나갔다. 우리는 손을 잡고 나란히 걸어서 집에 돌아왔다. 나란히 걸을 때는 수화로 아무 말도 할 수가 없다. 엄마는 나와 얘기하고 싶지 않을 때는 그렇게 나란히 걷는다. 집에 오는 길 내내 차분한 화를 느낄 수가 있었다.

그날 밤이 되어서야 나는 피아노를 언제부터 배울 수 있는지 물었다. 엄마는 수화로 음악이 귀가 되었다고 말했다. 그 말은 두 번 다시 그곳에 갈 수 없다는 뜻이었다. 나는 수화로 채널을 돌리자고 말했다. 또 다른 선택이 있다는 뜻이었다. 그곳에 갈 수 없다면 다른 피아노 학원에 가면 되니까. 하지만 엄마는 다시 수화로 음악이 귀가 되었다고 말하고 영원히라는 단어를 덧붙였다. 그리고 또 다른 선택이 있다는 말을 반복하려는 내 손가락을 엄마의 큰 두 손으로 덮었다. 내 모아진 두 손 위로 덮인 엄마의 손이 따뜻했다. 손가락을 옴짝달싹할 수가 없어서 나는 말문이 막혀 버렸다. 낮에 어둠 속에서 본 아이의 눈에서 번쩍였던 것이 엄마의 눈에서 번쩍인 것도 같았다.

나는 엄마의 두 손 안에서 따뜻해진 내 손을 빼서 엄마의 두 눈을 덮었다. 엄마의 입술 끝이 미묘하게 움직이며 웃을 때까지. 그날 이후로 포기라는 감정이 나를 찾아올 때마다 엄마의 웃는 입술 끝이 같이 떠오른다. 그 둘은 하나로 각인되어서 포기하는 상황에 처할 때마다 나는 엄마가 그랬듯이 입술 끝을 미묘하게 움직이며 웃는다. 아니, 반대로 입술 끝이 미묘하게 움직여지며 웃게 될 때, 그 웃음이 먼저 찾아오면 내가 포기했구나 하고 뒤늦게 깨닫는다. 나를 먼 곳에 데려가 줄 것 같던 크고 멋진 그랜드 피아노는 두 번 다시 볼 수 없었다. 나는 멜로디언 연주에 곧 싫증이 났고 멜로디언 가방을 창고에 던져 놓고서 다시는 열지 않았다.

그날의 후유증은 꽤 오래 갔다. 나는 대부분의 시간을 벽장 안에 틀어박혀서 보냈다. 피아노 때문이 아니라 엄마가 꺼낸 영원히란 단어 때문이었다. 영원히. 만들어는 두었지만 절대 쓰지 않았던 그 단어를 엄마가 열었다. 영원히가 나를 잊고 있다가 이제야 생각났다는 듯이 내게 다가와 붙어 버린 것 같았다. 엄마도 나도 그 단어를 쓰지 않으려고 조심했던 것 같다. 엄마는 모르겠지만 적어도 나는 그랬다. 그 단어 자체는 무서울 것이 없었지만 그 단어가 데리고 올 다른 단어들이 무서웠다. 예를 들면 오다, 않다. 그리고 또 예를 들면 아빠, 아빠, 아빠. 소음이란 게 어떤 건지 몰랐지만 영원히란 단어는 소음처럼 생각되었다. 아주 축축하고 차갑고 무겁고 깊고 소리가 없는데도 시끄러운 것. 내가 아는 가장 큰 소리는 우리 집 상하수도관을 덮고 있는 크고 네모난 철제 뚜껑인데 그 뚜껑을 밟았을 때 느껴지는 진동보다 영원히라는 말이 천배는 더 시끄러울 것 같았다. 영원히. 영원히. 영원히. 영원히. 영원히. 끝없이 울리는 것 같은 말.

피아노 학원이 데려온 영원히란 단어는 영원히 내게 묻혀 버린 것 같았다. 피아노 학원 2층 어두운 방에서 피아노 치던 아이는 왜 울고 있었을까? 그 아이도 영원히 귀가 된 게 있을까? 그런 생각을 하고 있을 때 어둡던 벽장 안이 갑자기 환해졌다. 벽장 앞에 서 있는 엄마 옷에서 갓 지은 밥 냄새가 났다. 밥시간이 된 줄도 모르고 있었다. 엄마는 수화로 무엇 때문에?라고 물었다. 나는 영원히라고 대답했다. 그러자 엄마는 내 손을 잡고 비디오테이프를 되감듯 아주 천천히 수화 동작을 거꾸로 돌렸다. 마치 그 단어가 왔던 곳으로 되돌려 놓듯. 그리고 나를 안아 올려 벽장 밖으로 꺼냈다. 우리는 식탁으로 걸어갔다. 나는 머릿속으로 영원히가 원래 있던 곳, 우리 대화 속 벽장 안쪽에 안전하게 넣고 문을 닫아 버렸다. 영원히의 친구인 오다, 않다, 아빠란 단어도 같이. 영원히가 외롭지 않도록. 우리는 영원히라는 단어를 벽장 속에 넣고 문을 닫아 버렸다. 아빠가 집에 돌아오는 길을 닫기 위해서가 아니라 오히려 열어 놓기 위해서였다.

밥을 먹으러 가면 언제나 긴 식탁에 하숙생들이 가득 앉아 있었다. 하숙생들은 별채에서 살았지만, 밥은 본채 식당에서 먹었다. 마루에서 부엌으로 연결되는 통로에 커다란 8인용 식탁을 두고 그곳을 식당으로 썼다. 의자를 뒤로 빼면 지나가기도 힘든 그런 좁은 공간이었다. 휴대폰은 대중화되지 않았고, 삐삐만 있던 시절이라 식사 시간 알림 벨이 있었다. 전자공학과에 다니는 하숙생이 전자 상가에서 부품을 사다가 전화기 옆에 달아 주었는데, 버튼을 누르면 2층에 초인종처럼 소리가 울리고 집 안 이곳저곳에 작은 전구를 달아 빛이 들어오게 설비를 했다. 벨을 누르는 건 내 담당이었다. 식사 시간을 알리는 벨은 SOS 신호 같았다. 길게 한 번, 짧게 한 번, 다시 길게 한 번. 그 소리가 어떻게 들리는지 나는 알지 못했지만, 전구의 불빛으로 신호가 간다는 걸 확인할 수 있었다.

벨이 울리면 하숙생들이 뛰어 내려와 식탁 의자에 앉았다. 하숙생은 대여섯 명이었지만 이상하게도 밥 먹을 때는 수가 늘었다. 아침에 방에서 열 명이 넘는 사람들이 나오기도 했다. 사람이 갑자기 늘어도 엄마는 인원수에 맞게 밥을 차렸다. 그게 너무 신기해서 어떻게 그럴 수 있는지 물었을 때 엄마는 신발이라고 대답했다. 신발은 우리의 수화로 딱 맞는다는 뜻이었기 때문에 나는 어리둥절해졌다. 엄마는 나를 데리고 2층으로 가서 하숙생들 방 앞을 돌며 손가락을 꼽으며 신발 개수를 헤아리게 했다. 그날 이후로는 내가 식사 시간 한두 시간 전에 부엌으로 뛰어 들어가 손가락으로 신발 개수를 알렸다.

매 끼니마다 사람 수에 꼭 맞게 밥이 지어지고 새로 끓인 국과 찌개, 나물무침과 호박전, 멸치볶음, 샐러드와 오징어채볶음 등 평균 열 가지가 넘는 반찬이 날마다 바뀌었다. 하숙생들은 가끔 애인을 데려오기도 했다. 그 언니들은 너무나 곱고 예뻐서 내가 자라면 언젠가 그런 여자 어른이 된다는 사실을 믿을 수가 없었다. 집 근처의 여대 대학원생이었던 고모는 하숙생들하고 친하게 잘 지냈다. 사실 고모는 거의 하숙생이나 다름없었다. 하숙생의 컴퓨터를 빌려서 과제도 하고 같이 비디오를 빌려다가 보고 밤새워 술을 마시기도 했다. 마당의 평상에 앉아서 기타 치며 함께 노래를 부르기도 했는데, 내가 제일 좋아하는 시간이었다.

나는 하숙생들 사이에 끼어 앉아서 입 모양을 똑같이 움직이는 그들의 모습을 넋 놓고 바라보았다. 마술 쇼도 그보다 신기하진 않을 것 같았다. 노래를 부를 때 사람들은 어깨를 동시에 왔다 갔다 하고 손뼉도 동시에 쳤다. 들을 수는 없지만 그게 노래라는 것은 알았다. 동시에 몸을 움직이게 하고, 같은 표정을 짓게 하는 거, 그것이 내겐 노래였다. 나는 노래가 좋았다. 아름다워서 좋았다. 내가 느끼기에 세상에 그보다 강력한 것은 없었다.

고모는 하숙생들과 친하게 지냈지만, 엄마는 하숙생들하고 눈도 잘 안 마주쳤다. 눈 마주칠 시간도 없이 바쁘긴 했다. 엄마는 온종일 청소를 하고, 빨래하고, 빨래를 개고, 시장을 보고, 밥을 했다. 엄마는 나한테 하숙생들 방에 들어가지 말라고 했지만 나는 꼬마 유령이니까 마음대로 돌아다녔다. 집 밖으로 거의 나가 본 적이 없는 내게 우리 집은 세계의 전부였고, 하숙생 방은 세계의 끝이었다. 그 방들을 탐사하는 것은 내게 모험이나 다름없었다. 그것을 포기할 수는 없었다. 곧 엄마도 체념하고 내버려 두었는데 가끔 내가 소리를 지를 때면 번개처럼 달려왔다.

나는 어릴 때부터 누가 내 몸에 손을 대는 것을 극도로 싫어해서 손을 잡거나 안아 주면 소리를 질렀다. 엄마만 예외였다. 하지만 엄마도 나에게 포옹이나 뽀뽀는 해 주지 않았다. 누가 나를 안는다는 상상만 해도 소름이 끼쳤다. 아무리 기억을 떠올려 보아도 누가 나를 안거나 업어 준 적은 없었다. 어릴 때는 그게 이상하다는 생각을 못 했다. 다른 어린이들의 삶을 모르니까 내가 겪는 모든 것이 지극히 당연하고 세상이 원래 그런 곳인 줄 알았다.

하숙생들 중에 특별히 기억에 남는 학생이 있다. 나는 그를 곰돌이 아저씨라고 불렀다. 하루는 엄마와 곰돌이 아저씨가 같이 옥상에 있는 모습을 보았다. 엄마는 빨래를 널고 있었고 뒤따라 옥상에 올라온 곰돌이 아저씨는 엄마 등 뒤에서 말을 건네고 있었다. 무슨 말을 하는지는 알 수 없었지만 뭔가 부탁을 하는 것 같았다. 엄마는 빨래만 널고 있었다. 나는 옥상의 물탱크 뒤에 숨어서 다 지켜보고 있었다. 무슨 상황인지는 잘 모르지만, 엄마를 괴롭히는 곰돌이 아저씨를 혼내 줘야 한다고 생각했다. 그래서 그날 저녁 분무기를 들고 식탁 아래에 숨었다.

식사 시간이 되자 하숙생들이 의자에 앉았고 나는 반바지와 양말의 모양으로 곰돌이 아저씨를 찾아내서 털이 숭숭 달린 다리에 분무기로 물을 쫙쫙 뿌렸다. 그가 비명을 질렀는지는 잘 모르겠다. 몇몇이 소스라치게 놀라며 의자에서 튕기듯 일어났다. 그중 한 명이 고개를 식탁 아래로 숙였을 때 나는 빈 의자를 밀치고 밖으로 뛰쳐나가 창고에 숨었다. 그리고 이제부터가 전쟁의 시작이라고 다짐했다.

아무도 나를 야단치지 않았다. 나는 엄마가 내 행동에 만족하고 있다고 생각했다. 다음 날은 곰돌이 아저씨가 학교에 간 틈을 타서 그의 방에 비밀 장치를 만들었다. 방문 바로 위에 있던 선반과 창문, 문고리를 이용해서 실을 연결하고 건전지와 두루마리 휴지, 세탁기에서 꺼내 온 냄새나는 양말을 동원했다. 문을 열면 실이 당겨지면서 건전지가 굴러떨어지고 머리 위에 있는 두루마리 휴지와 양말이 얼굴을 강타하도록 설계된 장치였다. 나는 커튼 뒤에 숨어서 기다렸는데 문을 열고 들어와 냄새나는 양말에 맞은 사람은 고모였다. 고모는 즉시 커튼 뒤에 숨은 나를 잡았다. 나는 늘 고모가 무서웠다. 고모는 나를 야단치는 대신에 책받침 두 개와 물풀을 내밀었다. 그리고 잘 보고 따라 하라는 듯이 책받침 위에 물풀을 꼼꼼히 듬뿍듬뿍 발랐다. 그런 다음 의자에 올라가서 천장 근처에 책받침을 대고 다른 책받침으로 손뼉을 치듯 세게 내리쳤다. 안에 바른 물풀이 튀어나와 천장에 길게 걸렸는데 꼭 거미줄 같았다. 고모는 연속해서 책받침을 내리쳐서 온 사방에 거미줄을 만들기 시작했고, 나도 책상 위에 올라가 고모처럼 거미줄을 여러 개 만들었다. 천장에 물풀 거미줄을 여러 개 만든 후 우리는 만족스럽게 방을 나왔다.

고모가 왜 그 방에 거미줄을 만들었는지는 그때도 지금도 잘 모른다. 하지만 그건 고모랑 내가 함께한 처음이자 마지막 일이었다. 그 일로 내가 혼나거나 하지는 않았다. 곰돌이 아저씨는 그저 풀이 죽은 듯이 보였을 뿐이다. 엄마랑 곰돌이 아저씨가 말을 나누는 것도 그 이후로 본 적이 없었다. 며칠 뒤에 그는 머리를 짧게 깎고 왔다. 그런 다음 떠났다. 영장이 나와 군대에 간다고 했다. 엄마는 평소와 다름이 없었고 고모는 많이 울었다. 그가 군대에 간 이후로 나는 식사 시간 전에 신발 개수를 셀 때면 이제는 없는 그의 신발을 한 켤레 더해서 헤아렸다. 그리고 엄마한테 보고할 때는 항상 숫자 뒤에 빼기 1이라고 덧붙였다. 예를 들어 오늘 점심의 신발 개수는 5-1 혹은 6-1인 것이다. 빼기 1은 그 뒤로 몇 달간 더 나를 따라다녔다.

일곱 살 생일이 지났을 때였다. 엄마는 꼬마 유령처럼 보이는 옷 대신 생일날 선물로 받은 예쁜 원피스를 내게 입히고 머리를 정성스럽게 땋아 주었다. 나는 약간 겁에 질려 있었다. 내가 외출하는 건 병원에 갈 때뿐인데, 그날은 일요일이었고 병원이 문 닫는 날이었다. 누구를 만나러 가는 게 아니라면 엄마가 나를 버리러 가는 게 틀림없었다. 그리고 내가 아는 한 내가 만날 사람은 아빠밖에 없었다. 엄마도 평소와 다르게 새 옷을 곱게 입고 나를 데리고 집을 나섰다. 낯선 번호의 버스를 타고 낯선 동네를 지나면서 나는 아빠를 처음 만났을 때 첫인사를 어떻게 할까 고민했다. 하지만 엄마와 내가 도착한 곳은 십자가가 높이 솟아 있는 교회였다. 붉은색 벽돌 건물 옆에 제일 교회라고 간판이 달려 있었다. 괄호를 치고 그보다 작은 글씨로 '농인 교회'라고 쓰여 있었다. 나는 교회에 간 것도 처음이고, 병원 외에 낯선 사람들이 많이 있는 장소에 들어간 것도 처음이었다.

커다란 문을 열자 큰 십자가가 먼저 눈에 보였다. 그리고 이상한 옷을 입은 할아버지가 높은 단 위에 서 있었다. 백 명 정도의 사람들이 앉아 있었는데 모두 손을 높이 들고 앞뒤로 재빠르게 움직이며 별이 반짝이는 것처럼 흔들고 있었다. 나는 그 장면에 압도되었다. 엄마는 나를 이끌고 구석 맨 뒷자리에 앉았다. 단 위에 서 있는 할아버지가 수화로 말을 하기 시작했다. 너무나 이상한 말이었다. 수화였지만 집에서 쓰는 수화와는 완전히 달랐다. 전혀 알아들을 수가 없었다. 외국어라고 생각하니까 마음이 조금은 편해졌다. 우리 집에서 쓰는 수화로 번역하면 그건 정말 이상한 말이었으니까.

이해 못 할 수화의 홍수 속에 있으려니 너무 지루하고 지쳐갔다. 간간이 사람들이 손을 올려 별처럼 반짝이는 동작을 반복했다. 그게 박수라는 것을 간신히 이해한 나는 그 박수를 따라 했다. 그것만 재밌었다. 마침내 할아버지의 긴 수화가 끝나고, 무대 오른쪽에 앉아 있던 사람들이 일어나 손을 동시에 움직였다. 노래라는 것을 알 수 있었다. 수화로도 합창할 수 있다니, 왜 지금까지 그런 생각을 안 했던 걸까? 노래를 보기만 하는 게 아니라 내가 할 수도 있다는 사실에 나는 흥분했다.

노래가 끝나자 사람들이 일어나서 흩어졌다. 삼삼오오 모여서 수화로 대화를 나누기 시작했다. 멀리서 미진 슈퍼 아줌마가 반가워하며 뛰어왔다. 가끔 엄마와 함께 슈퍼에 간 적이 있어서 그 아줌마가 난청인이라는 것은 알고 있었다. 내가 가면 무척 반가워하며 과자나 사탕을 쥐여 주시는 분이었다. 아줌마는 엄마와 나를 사무실로 데리고 갔다. 엄마가 사무실 직원과 대화하는 동안 아줌마는 나를 데리고 다니며 여러 사람에게 소개했다. 아줌마가 나를 자랑스러워한다는 게 느껴졌다. 우리가 만난 것이 열 번도 되지 않는데 아줌마는 마치 가까운 가족처럼 나를 소개했다.

사람들은 나를 무척 반기는 것 같았다. 멀리서 뛰어오듯이 다가와서 인사를 하는 사람도 있었다. 물론 포옹과 악수는 거부했지만, 그들은 즉시 내 마음을 이해했다. 이렇게 편하고 쉽게 이해받긴 처음이었다. 그들이 하는 수화를 이해할 수는 없었지만 나는 격렬히 환영받고 있었다. 다들 처음 보는 얼굴이었지만, 표정만 보면 마치 잃어버린 가족을 되찾기라도 한 것 같았다. 나는 기쁘면서 어리둥절했다. 만약에 내가 아빠를 만난다면 아빠도 이렇게 나를 반가워해 줄까? 내가 교회 사람들에게 둘러싸여서 환영받는 동안 엄마는 다가오지 않고 그저 멀리서 나를 지켜보고 있었는데 약간 충격받은 표정이었다. 나는 자랑스러운 표정으로 엄마를 쳐다보았다. 이렇게 환영받는 나를 엄마도 자랑스러워하길 바랐다. 그리고 수화를 배우고 싶었다. 격렬하게 다정한 이 대화에 동참하고 싶었다. 이 교회 사람들의 대화는 끝날 줄을 몰랐다. 다들 어쩌면 그렇게 반갑고 기쁠까? 무엇이 그렇게 신날까? 할 얘기가 그렇게 많을까?

나는 기분이 들떠서 하늘에 둥둥 뜨는 기분이었는데 갑자기 엄마가 나를 낚아채듯 잡아서 교회 밖으로 끌고 나갔다. 미처 인사를 못 한 교회 사람들이 달려왔는데 엄마는 교회 앞에 서 있던 택시에 나를 억지로 밀어 넣고 엄마도 탄 뒤에 문을 쾅 닫았다. 나는 차창 너머로 열심히 손을 흔들어 인사를 했다. 엄마는 화가 난 것 같은데 무엇에 화가 났는지 알 수 없었다. 나는 두 번 다시 그 교회에 가지 못했고, 엄마는 두 번 다시 미진 슈퍼에도 나를 데려가지 않았다. 며칠 뒤에 내가 수화를 배워서 다른 사람들과 대화를 나누고 싶다고 했을 때 엄마는 불같이 화를 냈다. 엄마가 왜 화를 내는지 도무지 알 수가 없었다. 그저 화를 내는 엄마가 무서웠다. 엄마는 잘 웃지 않지만 화도 내지 않는 사람이었으니까. 나는 우리 집안의 금기어에 수화란 단어를 조용히 추가했다. 하지만 수화를 하면서 수화가 금기어인 것은 말이란 단어가 존재하지 않는다는 것과 같았다.

엄마는 밤마다 하던 우리 둘만의 수화도 그만두었다. 엄마가 손을 닫아 버려서 나는 수화로 대화 나눌 사람이 없었다. 내 손은 혼잣말만 했다. 나는 혼자 수화하는 모습을 들키기 싫어서 자주 옥상에 올라가 수화로 격렬하게 혼잣말을 했다. 나는 침묵의 세계에 고립되어 있었다. 다행히 한글을 읽을 수는 있어서 닥치는 대로 책을 읽었다. 내 책뿐만이 아니라 하숙생들 방과 고모 방에 있는 이상한 소설책들까지 가져다가 읽었다.

하숙생 민석 아저씨는 가끔 집에 애인인 주희 언니를 데려왔다. 주희 언니는 언어 치료를 전공했는데 내가 구화를 배워야 한다고 오랫동안 엄마를 설득했다. 그 말을 귓등으로 듣던 엄마는 교회에 갔다 온 이후에 심경의 변화가 있었는지 주희 언니한테 구화 수업을 부탁했다. 내가 그 어느 때보다도 수화 배우기를 갈망하던 그 시기에, 나는 구화 과외를 받기 시작했다. 듣지 못하는 내가 말하는 법을 배우는 게 쉬울 리가 없었다. 정말 고난의 시간이었다. 주희 언니는 참을성이 대단한 사람이었다. 나는 주희 언니의 몸에 손을 대고 목의 진동을 느끼고, 배의 진동을 느꼈다. 입 속에 손을 넣어 혀가 어떤 모양으로 움직이는지 느꼈다. 내 배에도 손을 얹고 같은 진동을 만들려고 노력했다. 마치 몸이 엄청 뻣뻣한 사람을 전문 체조 선수로 훈련시키는 것처럼 내 혀를 그렇게 유연하게 단련시켰다. 한글을 읽을 수 있었기 때문에 사람들이 나누는 대화가 단어가 아닌 문장으로 이뤄져 있다는 사실은 알고 있었다. 그렇기 때문에 비교적 빨리 말을 배울 수 있었지만, 그것은 결코 쉬운 일이 아니었다.

나는 내 목소리를 들을 수가 없었기 때문에 내가 하는 말이 어떻게 들리는지 알 수가 없었다. 소리가 큰지, 작은지, 억양이 어떤지. 주희 언니는 하얀 칠판에 단어를 적고 단어 위에 억양을 그림으로 표시했다. 둘만의 표식을 정해서 소리의 크기, 억양 등을 표시하며 내 목소리가 들을 만한 수준이 될 때까지 구화 수업은 계속되었다. 1년 정도 노력한 끝에 나는 몇 개의 단어를 발음할 수 있었다. 입 모양이 정확한 사람과 마주 보고 일대일로 대화를 나누면 약간의 단어를 읽을 수 있었다. 마침내 내가 사람 구실을 하게 되었다며 모두가 기뻐했다. 하지만 나는 너무 지쳐 있었다. 이전에는 아무 문제가 없는 것처럼 굴던 사람들이 이제 와서 정상이 되었다며 기뻐하는 꼴이라니. 배신감이 들었다. 그전까지 나는 부족함 없이 충만한 삶을 살았는데, 1년 동안 죽을 듯이 고생한 끝에 이제 보통 사람 흉내를 조금은 낼 수 있다는 말을 듣는 게 싫었다. 이렇게 죽도록 노력해야 보통 사람으로 살 수 있다니 정말 이상하지 않은가?

나는 인간이라는 종 자체에 회의가 들었다. 동물은 태어난 대로 자연스럽게 살아가는 것 같은데, 오직 인간만 인간으로 사는 법을 교육받아야 한다. 교육 없이 자연스럽게 산다면 주로 기어 다니고 가끔 걸어 다니겠지. 말 같은 건 안 해도 되겠지. 하지만 호모 사피엔스로 태어난 이상, 호모 사피엔스가 되기 위해 수백만 년 동안 진행되었을 인류의 진화 과정을 3년 안에

다 거쳐야 한다. 일어서서 두 발로 걷는 법을 배우고 혀의 근육을 단련시키고 성대를 울리는 법을 배워서 특정한 방식으로 소리를 내야 한다. 자연의 입장에서 그것이 정말 자연스러운 일일까? 다른 동물의 눈으로 보면 인간은 정말 이상한 생물이 아닐까? 정말 이상하다. 인간은 태어나면서부터 고통을 자처하는 정말 이상한 생물이다.

구화법을 배우고 나서 좋은 점이 한 가지 있는데 남들이 들을 수 있게 욕을 할 수 있다는 거다. 맨 처음 '씨발!'이라고 소리쳤을 때 얼마나 기쁘던지. '좆 까!' 라는 말을 할 수 있게 되었을 때 나는 살아 있는 기쁨을 느꼈고, 살아 있는 동안 최대한 많은 욕을 배우리라 다짐했다. 그때부터 학습 속도가 존나게 빨라졌다. 비록 어른들 앞에서는 욕을 할 수 없었지만. 그래서 나는 비밀 욕 수첩을 만들었다. 소설책에서 생전 처음 보는 욕들을 수첩에 옮겨 적었다가 옥상에 혼자 있을 때 꺼내어 소리 나게 읽어 보며 발음이 자연스럽게 되도록 연습했다. 간혹 하숙생 중 한 명을 불러다가 내 발음이 정확한지 물어보기도 했다.

내가 구화를 배우자 하숙생들이 제일 기뻐했다. 나를 쉽게 놀릴 수 있기 때문이다. 내가 욕으로 받아치면 더 기뻐했다. 하숙생들은 내가 너무 못생겨서 아무도 나랑 결혼하지 않을 거라고 놀리고 또 놀렸다. 입술을 통해 그 말을 처음 읽었을 때 나는 웃었다. 그 말이 사실이 아니라는 걸 알고 있었다. 나는 정말 예쁘게 생긴 꼬마였으니까. 하지만 농담도 오랫동안 들으면 마음에 박힌다. 그 말을 너무 많이 보다 보니 어쩌면 사실일지도 모른다는 생각이 들었다. 이전까지는 내가 받아 온 사랑에 대한 확신이 있었다. 하지만 점점 내가 사람들로부터 사랑을 못 받을지도 모른다는 두려움이 생기기 시작했다. 누가 나보고 예쁘다고 하면 뭔가 크게 잘못된 것 같고 불안해지기 시작한 것도 그즈음이었다. 사람들이 나를 사랑하지 않는 게 당연하다고, 그러니 아무것도 기대하지 말라고 나는 스스로 다짐했다.

여덟 살이 되었을 때 특수학교에 입학했다. 구화법을 어느 정도 익힌 상태로 들어갔기 때문에 학교 다니는 데 큰 어려움은 없었다. 나는 학교 갈 날만 손꼽아 기다렸다. 수화를 드디어 배울 수 있었기 때문이다. 학교 수업은 구화에 맞춰져 있고 선생님들은 건청인이라 수화 수업은 없었지만, 같은 반 친구들로부터 간단한 수화를 몇 가지 배울 수 있었다. 이 학교에서 비슷한 사람은 아무도 없었다. 귀가 아예 안 들리거나 약간 들리거나, 눈이 안 보이거나, 움직임이 불편하거나. 세상을 느끼는 방법이 각자 조금씩 달랐다. 친구를 대할 때마다 그걸 먼저 염두에 두어야 했다. 한발 뒤로 물러서서 먼저 그 친구에게 맞는 방법으로 대화법을 전환했다. 스위치를 바꾸듯. 다양한 친구들의 그 불균형한 아름다움이 나는 좋았다.

수업 시간엔 구화를 다시 체계적으로 배웠는데 수화는 금지였다. 말로 의사소통을 해야 했다. 그게 학교의 방침이었다. 우리가 사회에 나갔을 때 적응하기 쉽도록. 나는 그 방침이 마음에 들지 않았다. 귀가 안 들리는 게 고쳐야 할 병처럼 느껴지는 게 싫었다. 수업 시간에 선생님이 칠판에 글씨를 쓰기 위해 등을 돌리면 모두 수화로 몰래 떠드느라 난리가 났다. 그것을 막을 수 있는 사람은 없었다. 그것은 파도와 같은 습성이 있었다. 나는 수화를 쓰는 사람들끼리만 모여 평화롭게 사는 나라를 상상했다. 다른 언어를 쓰는 사람이 이 나라에 오면 수화를 통역해 주고, 수화 어학연수도 받고, 그렇게 살면 어떨까.

쉬는 시간이 되면 교실에서 복도에서 손가락들이 이리저리 날아다녔다. 여기저기서 치고 들어오는 손가락들, 그 빠르고 복잡한 대화를 다들 잘도 이해했다. 간혹 다른 친구들이 수화로 대화하는 걸 보게 될 때도 있다. 하지만 그건 엿볼 수 있는 게 아니었다. 손뿐만 아니라 온전한 눈빛과 입술로 마주 보고 이야기를 나눠야만 수화다. 말로 하는 언어는 수화에 비해서 폭력적으로 느껴졌다. 한 사람뿐만 아니라 누구나 들을 수 있기 때문에. 엿들으려고 하지 않아도 들을 수 있다는 점에서 폭력적이고 다정하지 않았다. 내가 나라를 세운다면 한 사람 대 한 사람만 수화로 대화하도록 법을 정하고 싶었다. 모든 대화는 은밀해지고, 괜히 참견하는 사람이 없으므로 싸움은 훨씬 줄어들 것이다.

입학하고 한 달쯤 지났을 때 나는 같은 반 친구 소현이의 생일 파티에 초대되었다. 구화 수업을 같이 듣는 친구였고 청각 장애인 친구들이 모두 초대받았다. 우리 집이 아닌 곳, 친구네 집에 초대받아 가는 것은 난생처음이었고 나는 미친 듯이 기뻤다. 학교 끝나고 소현이네 집에 가는 길에 기쁨을 주체할 수가 없어서 크게 씨발! 씨발! 외치면서 갔다. 사람들이 쳐다보았지만 신경 쓰지 않았다. 소현이네 집에 도착했을 때는 약간 당황했다. 나와 미선이만 빼고 모두 부모님과 함께 왔다. 그들은 모두 청각 장애인이었다. 미선이의 부모님은 우리 엄마처럼 건청인이었다. 하지만 미선이는 농인 교회에 다니면서 수화를 일찍부터 배워 자유롭게 쓸 수 있었다. 그들은 모두 오랜 친구 같아 보였다. 아니 친구보다는 가족 같았다. 예전에 농인 교회에서 본 풍경이 생각났다. 그때와 비슷한 풍경이었다. 서로 아주 반기며 친밀하게 수화로 끝없이 대화를 나눴다. 구화를 쓰는 사람은 단 한 명도 없었다. 나는 물론 극진한 환대를 받았다. 소현이를 비롯한 다른 친구들의 부모님들까지 나와 눈을 마주치고 다정하게 반겨 주었지만 나는 수화로 대답조차 못 했다. 수화가 너무 빨라서 읽을 수 없었고, 나에게 익숙한 우리 집 수화랑 달라서 정신적 혼란을 느꼈다.

나 혼자만 듣지 못한다는 생각이 그토록 강렬하게 든 것은 처음이었다. 듣지 못하는 사람들만 모여 있는데도. 그들의 대화를 나 혼자만 알아듣지 못했다. 나는 외국인처럼 느껴졌고 외로웠다. 그 순간 내가 할 수 있는 최선은 먹느라 바빠서 대화할 틈이 없는 척하는 것이었다. 나는 김밥, 만두, 피자, 치킨, 떡

볶이를 끝없이 입에 넣었다. 닭다리를 한 손에 들고 사람들이 수화로 말을 걸 때마다 닭다리를 흔들었다. 먹느라 바빠서 얘기할 틈도 없다는 듯이. 나는 슬픈 만큼 배가 불렀다. 소화제를 얻어먹고 다른 친구들보다 먼저 나왔다. 소현이네 집을 나오자 그제야 온 세상이 고요하게 느껴졌다. 실제로는 차 소리도 크게 들리고 훨씬 시끄러운 세상이었을 텐데.

밤에 소현이의 부모님이 내가 깜박 잊고 놓고 온 가방을 가져다주기 위해 우리 집에 찾아왔다. 가방 안에는 내일 내야 할 숙제가 들어 있었다. 엄마는 잠깐 들어와서 차 한잔 마시고 가길 청했다. 소현이의 아버지는 수화밖에 몰랐지만, 소현이의 어머니는 수화도 하고 구화도 어느 정도 할 수 있었다. 소현이의 어머니가 나에 대한 칭찬을 늘어놓았고 나는 으쓱해졌다. 나는 그 틈을 타서 소현이한테 수화를 배워서 친구들하고 대화하겠다고 엄마에게 선언했다. 엄마가 나를 노려보았다. 그러고는 고개를 돌려서 부드럽게 소현이의 부모님에게 말했다.

"이 애는 구화를 잘해서 수화가 필요 없습니다. 소현이가 수화를 가르쳐 주느라 고생하지 않아도 됩니다."

소현이 어머니가 말했다. 약간 작정하고 온 것 같았다.

"수지는 지금이라도 수화를 배워야 합니다. 이 아이는 농인이고, 농인들 속에서 자라야 합니다. 농인의 마음은 농인이 더 잘 알아요. 아무리 해도 건청인은 결코 이해 못 하는 부분이 있어요. 그걸 인정하셔야 해요."

엄마는 무척 화가 난 듯 말을 끊으며 밤이 늦었으니 가시는 게 좋겠다고 거의 내쫓듯이 소현이의 부모님을 돌려보냈다. 현관문을 닫자마자 내게 말했다.

"수화 배우지 말고, 그 집에도 가지 마. 너는 지금처럼 구화 배워서 다른 사람들처럼 말하고, 다른 사람들처럼 자랄 거야."

엄마는 언제나 내가 뭔가를 해 보려고 할 때마다 방해했다. 항상 그랬고, 또 그러려고 하고 있었다. 하지만 이건 엄마 인생이 아니라 내 인생이란 말이다. 나는 화가 나서 소리를 질렀다.

"왜 엄마는 내가 하고 싶은 건 다 못 하게 해? 왜 내 행복을 방해해?"

"너는 아직 옳은 선택을 못 해."

나는 말을 더 하고 싶었지만 손이 더 빨랐다. 수화로 빠르게 말을 쏟아 내었는데 엄마는 내 말이 듣기 싫다는 듯이 등을 돌려 버렸다. 나는 옥상으로 뛰어갔다. 멋진 욕을 그렇게나 많이 연구했는데 정작 필요할 때 나오지 않는다니. 연습이 더 필요했다. 필요할 때 자동으로 욕을 할 수 있으려면 더 치열하게 연습해야 했다. 나는 욕 수첩을 꺼내서 첫 장부터 끝까지 읽었다. 다섯 번 정도 반복해서 읽고 나니 마음이 좀 가라앉았다. 그렇지만 엄마에 대한 미움이 풀린 건 아니었다. 오랫동안 풀리지 않았다. 나는 엄마를 용서할 수가 없을 것 같았다. 그 후로 나는 엄마와 대화를 나누지 않았다. 엄마는 정말 필요한 말 외에는 하지 않는 사람이었으니까 우리는 말도 거의 하지 않았다. 나는 엄마가 나의 행복을 바라지 않는다고 생각했다. 어서 어른이 되어 집을 나가기만을 간절히 바랐다.

학교에서는 두루두루 친했지만 특별히 친한 친구는 없었다. 구화 수업을 같이 듣는 친구들은 잘해 주었지만, 수화를 모르니까 그 무리에 낄 수가 없었다. 그 친구들은 가족끼리도 잘 알고 지냈고, 학교가 끝난 이후나 주말에도 자주 만나는 것 같았다. 친구들은 나날이 더 친해져서 왔고, 나는 외톨이 유령이 되어 갔다. 물론 학교에는 청각 장애가 있는 친구들만 있는 것은 아니었지만 시각 장애가 있거나 발달 장애가 있는 친구들은 각각 다른 배려가 필요했고 그것을 내가 다 해 주기에는 역부족이었다. 장애가 없는 친구들과 같이 학교에 다녔다면 서로가 조금씩만 배려하면 될 텐데, 장애가 있는 친구들끼리 있으면 서로가 두 배로 배려해야 한다.

나는 점점 특수학교의 필요성에 대해서 의문이 생겼다. 내게 필요한 특수한 교육을 제공한다기보다는 분리를 위한 것 같았다. 보는 게 싫어서 분리수거 하듯 분리해 버린 것이다. 내가 분리되어야 할 존재라는 생각을 학교에 입학하기 전에는 단 한 번도 하지 않았다. 나는 소리를 못 듣는 게 나만의 독특한 성격이라고 생각했지, 장애라는 생각을 전혀 하지 않고 살아왔다.

집에만 있을 때는 못 듣는 게 문제가 되지 않았다. 우리 집은 나를 기준으로 만들어졌으니까. 집의 초인종은 벨이 울리면서 동시에 빨간색 불빛이 반짝거려서, 손님이 오면 내가 문을 열어 줄 수 있었다. 내 방을 포함한 집 안 곳곳에 작은 전구가 달려서 누구든 나를 부를 때는 전화기 옆에 있는 버튼을 누르면 되었다. 아무도 나를 지나치게 신경 쓰지도, 지나치게 배려하지도 않았다. 나는 그저 정수지일 뿐이고 귀가 안 들리는 건 얼굴에 점이 하나 있는 것 같은 자연스러운 나만의 특성이었다. 모두 그렇게 여겼다. 그게 당연하다고 생각했는데 집 밖에선 당연하지 않았다.

집 밖에는 그런 배려가 없었다. 아니 배려가 아니라 사람들은 내가 못 듣는다는 사실에 화를 냈다. 그게 왜 화낼 일인지 모르겠다. 불편한 건 나지 그 사람들이 아니지 않은가. 나는 사람들을 이해해 보려고 노력했다. 내가 내린 결론은 이렇다. 사람들은 늘 화가 나 있는 상태이고, 쓰레기통처럼 그 화를 받아 줄 만만한 사람을 찾아다닌다. 그러다가 자신보다 약하다고 느껴지는 나 같은 사람을 만나면 그 화를 쏟아붓는다.

거리엔 화가 나 있는 사람들이 정말 많았다. 그 많은 화는 도대체 어디서부터 생겨난 걸까? 세상에 화가 이렇게 많은 것은, 화가 배로 늘어나는 성질이 있기 때문인 것 같다. 자신이 가진 화를 나에게 쏟아붓고 본인은 화가 없는 상태가 된다면 다행이지만, 화는 복사가 되어 두 배로 늘어날 뿐 줄어들지는 않는다. 그래서 세상에 이렇게나 화가 많아진 것이다. 남에게 화를 던진다고 해서 그 화가 줄어들지도 않는데 그런 비효율적인 일을 왜 할까? 바보니까 그러겠지. 화가 난 사람들은 생각을 제대로 못 하니까. 나는 이해하기 어려운 사람들을 이해하려고 노력하고 또 노력했다. 내가 그들을 생각해 주는 것처럼 그 사람들도 나를 한 번이라도 더 생각해 준다면, 모두가 당연하게 여기는 것들이 당연하지 않은 사람도 있다는 것을 단 한 번만이라도 상상해 준다면, 내가 절망할 일도 줄어들 텐데.

내가 학교에 적응하는 동안에 하숙집의 일상은 똑같이 흘렀다. 갑작스러운 변화가 온 것은 1997년 말이었다. 여기저기 어수선했다. 긴 전화 통화를 하는 사람이 늘었다. 모두들 아이엠에프 때문이라고 했다. 마치 그것이 대마왕이라도 되는 듯이 모든 게 아이엠에프 때문이라고 말했다. 다들 집안 형편이 어려워졌거나, 애인과 친구의 집안 형편이 어려워졌다. 하숙생들은 군대에 가거나 일을 하기 위해 휴학을 했다. 빈방이 점점 늘었다. 예전에는 하숙생이 학기 중간에 나가도 금방 새로운 사람이 들어왔는데 그땐 그렇지 않았다. 처음으로 모든 방이 비어 있는 채로 겨울을 맞이했다. 이듬해에 새로 들어온 하숙생들은 이전 하숙생들과는 분위기가 매우 달랐다. 한 가족처럼 지내지 않았다. 어쩌다 마주치면 간단히 눈인사만 하고 지나갔다. 그들은 각자의 방에서, 특히 컴퓨터 앞에서 시간을 많이 보냈다. 식사 시간에 맞춰 귀가하는 하숙생이 드물었고 식사를 준비해 놓으면 따로따로 와서 각자 밥과 국만 퍼다가 먹었다.

그 변화는 느릿느릿 진행되다가 학생들이 PCS라는 개인 휴대 통신 기기를 장만하기 시작하면서 속도가 빨라졌다. 서로를 이어 주던 연결 고리가 깨지고 각자가 섬이 되어 가는 모습이 내 눈에도 보였다. 참다못한 할머니가 요즘 학생들은 대체 방에서 혼자 무얼 그렇게 하느냐고 물었을 때 한 학생이 알려 주었다. 스타크래프트라는 컴퓨터 게임이 얼마 전에 새롭게 발매되어 학생들 사이에서 요즘 인기라고. 스타크래프트를 만든 블리자드 엔터테인먼트사는 아마 몰랐을 거다. 스타크래프트 게임 출시와 함께 내 눈부신 유년 시절이 끝났다는 걸.

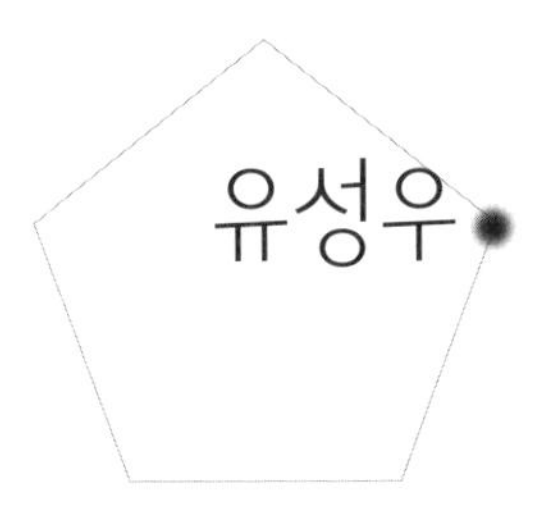

지금 나는 고등학교 3학년이고 여전히 특수학교에 다닌다. 나는 늘 커다란 헤드폰을 쓰고 다닌다. 청각 장애인 친구들 중에 헤드폰을 쓰는 사람은 나밖에 없어서, 내 별명은 뮤트걸이 되었다. 그것은 일종의 표식이자 보호색이다. 커다란 헤드폰을 쓰고 있으면 사람들이 내가 못 듣는다는 사실을 먼저 이해해주는 느낌이다. 가게에서 계산할 때 점원의 말을 못 알아들어도, 뒤에서 길을 묻는 사람의 목소리를 못 들어도 아무도 내 탓을 하지 않는다. 사람들은 그걸 당연하게 생각한다. 하지만 헤드폰은 장식이고 내가 소리를 못 듣는다는 사실이 밝혀지는 순간, 소리를 못 듣는 건 내 잘못이자 책임이 되어 돌아왔다. 때론 적대감까지 느낄 수 있었다. 물론 동정하는 사람들도 있는데 내겐 동정보단 혐오가 차라리 낫다. 동정은 피곤하니까.

나는 내 장애를 혐오하는 사람들을 이해해 보려고 노력했다. 그들은 내가 남들에게 아무런 해를 끼치지 않아도 혐오했다. 그 혐오감은 두려움에 맞닿아 있는 것 같았다. 그런데 무엇이 두려운 걸까? 나를 볼 때마다 자신의 귀도 똑같이 안 들리는 것처럼 느껴지는 걸까? 그렇게 공감 능력이 강한가? 소리가 안 들리는 것은 전염병이 아닌데? 다른 존재에 대해 본질적으로 느끼는 두려움과 혐오에 대해서 이해해 보려고 노력했지만 노력은 양쪽에서 거들 때 가벼워지는 법이다. 나는 혼자 지쳤다. 세상 밖으로 돌렸던 눈을 다시 안으로 돌려서 나는 안온한 책의 세계로 도망갔다. 책을 읽으며 책과 함께 자랐다. 초등학교를 졸업한 뒤에 중학교도 특수학교로 입학했다. 내가 다니던 초등학교 옆에 붙어 있는 건물이었고, 대부분 학생들이 그대로 옮겨 갔기 때문에 딱히 달라진 것은 없었다. 하지만 거기서 한민을 만났다.

외톨이 유령이던 내가 한민과 어떻게 친구가 된 건지 아직도 신기하다. 한민과 나는 같은 학교에 다녔다. 사람들은 궁금해 했다. 소리를 못 듣는 나와 앞이 거의 안 보이는 한민이 어떻게 친구가 되었는지. 내가 다니던 특수학교에는 청각 장애를 가진 학생들도 있고 시각 장애를 가진 학생들도 있었지만, 이 두 그룹이 섞이는 일은 많지 않았다. 한민은 어쩔 수 없이 시각 장애에 특화된 교육을 받았지만 스스로는 눈이 안 보인다는 생각을 한 번도 하지 않았다.

한민은 전색맹이었다. 색을 보게 해 주는 원뿔세포의 이상으로 색을 못 보고 명암만 구분했다. 흑백으로 된 세상에 살았다. 햇빛이 강한 낮에는 눈이 부셔서 제대로 눈을 뜰 수가 없어 항상 선글라스를 끼고 다녔다. 하지만 밤이 되면 누구보다도 잘 볼 수 있었다. 내가 한민을 처음 보았을 때 그는 아이들이 축구공을 몰며 뛰어다니는 운동장 구석에 커다란 골든레트리버 한 마리와 함께 앉아 있었다.

처음에는 큰 개만 눈에 들어왔다. 그 옆에 앉은 남자아이가 배낭에서 지름이 20센티미터도 넘는 커다란 개밥 그릇을 꺼내는 것을 보기 전까지는. 학교 가방에 개밥 그릇을 가지고 다니는 아이는 처음 보았다. 그 애는 이어서 2리터짜리 페트병과 커다란 수건도 꺼냈다. 그리고 스테인리스 개밥 그릇에 페트병의 물을 조금 부어 커다란 수건으로 정성 들여서 닦기 시작했다. 그 모든 동작에 절도가 있었다. 도자기를 다루기라도 하는 것처럼 개밥 그릇을 집중해서 세심하게 다루는 남자애라니.

나는 조금 떨어져 앉아서 개의 점심을 준비하는 그 애의 체계적인 동작들을 흘끔흘끔 구경했다. 잘 닦은 그릇에 사료와 물을 담고 개가 먹기 시작하자 그 애도 샌드위치를 꺼내서 먹기 시작했다. 선글라스를 낀 눈은 여전히 개를 향해 있었다. 개에게 쏟는 애정, 말로는 표현할 수 없는 그 지극함을 그때 나는 보았다. 개와 그 애의 세계는 완벽해서 아무도 침범하지 못

할 것 같았다. 그 애가 개를 데리고 운동장 가장자리를 걷는 뒷모습은 완벽했다. 나는 뒷모습은 거짓말을 하지 않는다고 믿는데, 커다란 배낭을 메고 개를 데리고 산책하듯 걸어가는 그 애의 뒷모습은 무엇을 더하거나 뺄 수 없을 것처럼 그 상태로 완성된 것 같았다.

개는 '시각 장애인 안내견입니다.'라고 쓰인 옷을 입고 있었다. 그러니까 개가 그 애의 눈이 되어 도와주는 형편일 텐데, 보이는 모습은 그 이상이었다. 온몸의 감각을 열고 함께 걷는다는 사실에 더할 나위 없이 만족해하는 듯한 두 존재. 멀리 점이 되어 사라질 때까지 그 뒷모습을 눈에 박아 두느라 나는 그 둘을 마주칠 때마다 아무것도 할 수 없었다. 그저 바라볼 뿐. 그렇게 그 둘이 지나가고 나면 길에 무언가 두고 온 것처럼 허전했다. 마음이 저릿저릿했다. 그 둘한테도 내가 보일까? 내가 존재한다는 걸 알까? 나는 학교에서 외톨이 유령이나 마찬가지였는데, 그 둘이 나의 존재를 알아차리면 좋겠다고 처음으로 생각했다.

그날 이후로 나는 운동장에서 서성거리며 그 둘을 기다렸다. 스쿨버스가 떠난 뒤 십 분쯤 뒤에 둘이 나타난다는 사실을 알게 되었다. 둘은 항상 같은 자리에 앉아 밥을 먹었고 나는 반대편 가장자리에서 운동하는 척하며 힐끔힐끔 쳐다봤다. 줄넘기를 할 때도 있었고 훌라후프를 할 때도 있었다. 훌라후프로 줄넘기를 시도한 적도 있었다. 그곳에 있을 구실만 된다면. 줄넘기를 할 때도 훌라후프를 할 때도 늘 시선은 그 둘에게 고정되어 있었고, 둘이 움직이기 시작하면 내 몸도 같이 돌아갔다.

내가 언제나 운동장에 있다는 사실을 그 둘이 눈치챘는지는 모르겠다. 하지만 만약에 눈치챘다고 하더라도, 그 둘은 내 뒷모습에 대해서는 전혀 모를 것이다. 내 앞모습은 언제나 둘을 향해 있었으니까. 그건 마치 달이 지구한테 앞모습만 보여 주며 도는 것과도 같았다. 나는 달처럼 지구를 맴돌았다. 더 가까이 다가가지도 더 멀어지지도 못한 채. 꼭 그만큼. 심장이 터질 것 같은 채로. 그런 걸 중력이라고 하는 걸까. 만약 내가 이 상태를 못 버티고 다가가면 어떻게 될지 궁금했다. 유성처럼 대기 중에서 타 버리게 될까? 아니면 중력을 잃고 뒤로 멀어지면서 보이저호처럼 태양계의 가장자리로 끝없이 끝없이 멀어지게 되는 걸까.

청소 당번이라 늦게까지 남아 있던 날, 교실 문틈으로 사라지는 레트리버의 꼬리 끝을 본 것 같았다. 나는 걸레를 내던지고 달려갔다. 둘이 안정적인 뒷모습으로 걸어가고 있었다. 나는 복도를 천천히 걷던 둘이 교실 안으로 들어가는 모습을 지켜보았다. 나는 두근거리며 요동치는 심장이 진정될 때까지 그 문을 지나쳐서 복도 끝에서 끝까지 두 번을 왕복해서 걸었다. 둘이 들어간 곳은 미술실이었다. 마음을 가라앉히려고 이제는 거의 외우게 된 비밀 욕 수첩을 처음부터 끝까지 속으로 외웠다. 그래도 뛰는 심장을 진정시킬 수가 없었다. 그때 나는 결심했다. 늘 같은 자리를 맴도는 달의 자리를 벗어나기로. 태양계 가장자리로 끝없이 멀어지는 보이저호가 아니라 지구 대기에 타 버리는 유성이 되기로.

나는 지구로 뛰어드는 소행성의 심정으로 미술실 문을 열고 들어갔다. 우연히 들른 듯이. 어둑한 미술실 한가운데에 개가 앉아 있었다. 한 걸음 떨어진 곳에 그 애가 의자에 앉아 사절지 크기의 캔버스에 무언가 그리고 있었다. 나는 잘못 들어온 듯 호들갑을 떨면서 미술실 문을 닫고 바로 나왔다. 간신히 가라앉힌 심장이 다시 크게 뛰었다. 심장이 너무 크게 뛰어서 그 소리가 미술실 안에까지 들릴까 봐 걱정되었다. 심장 소리가 얼마만큼 큰지 아무도 나한테 알려 준 적이 없었으니까.

심장을 가라앉히며 나는 방금 전 그 애가 그림을 그리는 모습을 사진 찍듯 머릿속에 저장해 두었다. 그걸로 만족하고 집에 가려고 했는데 발이 움직이지 않았다. 그 둘을 조금 더 보고 싶었다. 그저 옆에 있고 싶었다. 나는 한참 동안 미술실 문 앞을 떠나지 못하고 서 있다가 다시 미술실 문을 열고 들어갔다. 사뿐사뿐 걸어서 문 근처에 있던 의자에 자리를 잡고 앉았다. 미술실엔 유화 물감과 파라핀 냄새가 진동했다. 싫지 않은 냄새였다. 기분이 살짝 들뜨게 만드는 냄새. 그 애는 내가 들어오건 말건 신경 쓰지 않았다. 붓을 과감하게 휙휙 긋고 있었다. 공기가 멈추고 시간도 멈춘 것 같은 공간이었다. 벽에는 다양한 크기의 캔버스가 겹쳐진 채로 세워져 있었다. 누군가 그리다 만

유화, 그리다 만 석고 데생도 있었다. 그 사이에 그 애가 앉아 그림을 그리고 있었다. 시간이 한없이 느리게 가서 백 년쯤 지난 것 같았다. 실제로는 오 분도 지나지 않았지만.

그 애는 그리다 말고 갑자기 일어나 그림을 내버려 둔 채 미술실 뒷문으로 나가 버렸다. 개도 곧 따라 나갔다. 인기척을 느꼈을 텐데 나는 전혀 안중에도 없는 것 같았다. 그 애가 미술실을 나가자 한없이 느리게 가던 시간이 느려진 것을 만회하려는 듯 엄청 빠르게 흘렀다. 순식간에 해가 졌다. 나는 미술실의 형광등을 켜고 그 애가 두고 나간 그림에 가까이 다가가 들여다보았다. 네 살짜리 아이의 그림 같았다. 고도로 추상화된 형태로 동그라미에 눈, 코, 입이 검은색 물감으로 그려져 있었는데 그 밑에 믿기 어려울 만큼 궁서체와 거의 흡사한 필체로 '박한민(1990~2017)'이라고 쓰여 있었다. 컴퓨터로 프린트해서 붙인 것 같은 글씨였다. 자화상인지 묘비명인지 헷갈렸다.

나는 다음 날에도 비슷한 시각에 다시 미술실을 찾아갔다. 마찬가지로 그 애와 개가 있었다. 그 애는 캔버스에 그린 그림을 커터칼로 크게 그어 찢고 있었다. 그런 다음 선글라스를 벗고 뒤를 돌아봐서 우리는 처음으로 눈이 마주쳤다. 나는 줄곧 스스로를 유령처럼 여겼기 때문에 그 애가 나를 똑바로 쳐다봤다는 사실이 당혹스러웠다. 그렇다면 그동안 나의 존재를 알았단 말인가? 그 애는 말없이 시선을 거두고 가방에서 커다란 책을 꺼내더니 보기 시작했다. 나는 전날과 마찬가지로 미술실

문 근처 의자에 앉았다. 갑자기 그 애는 뒤를 돌아보더니 정확히 내게 손짓을 해서 오라고 했다. 내가 다가가자 그 애는 손가락으로 책을 가리켰다. 빨간색과 검은색이 가득 채워진 네모난 그림이 있었다. 나는 표지를 넘겨 보았다. 마크 로스코 화집이었다. 나는 그 애의 옆에 나란히 앉아 마크 로스코의 화보를 같이 봤다. 혹시나 그 애가 하는 말을 못 들을까 봐 몇 번씩이나 고개를 돌려서 입술을 봤는데 그때마다 입술은 닫혀 있었다.

그 애가 알고 있다는 듯이 고개를 끄덕였다. 나는 마음이 아주 편해진 상태로 침묵 속에서 함께 화보를 감상했다. 어떤 그림은 금방 넘겼고 어떤 그림은 한참을 자세히 들여다보았다. 아무런 대화가 없었지만 많은 대화를 나눈 것 같았다. 어느새 그 애의 개가 슬며시 다가와 내 발과 다리의 냄새를 맡았다. 내 냄새가 마음에 들었는지 내 다리에 자신의 몸을 살짝 비비며 냄새를 묻혔다. 그런 다음 내 발에 얼굴을 살짝 붙이고 바닥에 배를 깔고 엎드렸다. 커튼을 쳐서 어두운 미술실은 동굴 같았다. 어둡지만 화보를 볼 수 있을 정도는 되었다. 그때까지도 나는 그 애가 전색맹이라는 걸 몰랐다. 부드러운 손길로 책장이 넘어가고 있었고 만족스러운 표정의 큰 개가 꼬리를 살랑살랑 흔들고 있었다.

그때 그 공간에선 어떤 소리가 나고 있었을까? 나는 그대로 시간이 멈추길 기도했다. 마지막 장까지 보고 나자 그 애는 책을 덮고 말없이 손을 흔들며 인사하고 개를 데리고 미술실을 나갔다. 나는 따라가지 못하고 한참 동안 미술실에 혼자 앉아 있었다. 그 시간에 조금 더 머무르고 싶었다. 어렸을 때 나는 어떤 감정들은 특정 공간에 붙어서 살고 있다고 생각했다. 옥상에서만, 벽장에서만 느낄 수 있는 감정이 있었기 때문에 그렇게 생각했다. 이제는 그렇지 않다는 걸 알지만, 그날 내가 미술실에서 느낀 감정은 그 어느 곳에서도 느낀 적이 없는 감정이었다. 나는 그 감정을 미술실이라고 이름 붙이고 나만의 수화를 하나 만들었다. 설렘으로 심장이 두근거려서 폭발할 것 같으면서도, 마치 오래전부터 그래 왔던 것 같은 익숙하고 평화로운 마음을 의미하게 될 것이다, 그 수화는. 물론 그 수화를 아는 사람은 나밖에 없어서 혼잣말할 때만 쓰이겠지만.

그때까지도 그 애는 내가 말을 할 수 있는지 잘 몰랐기 때문에 아마 함부로 말을 걸지 않았을 것이다. 우리 학교에서는 누군가를 처음 만날 때 상대방이 듣지 못하고, 보지 못하고, 말을 못할 수 있다는 것을 기본 상태로 둔다. 그 애와 처음 대화를 나눈 것은 그로부터 한참 뒤였다. 운동장에서 그 둘을 마주쳤을 때 나는 며칠 동안 가방에 넣고 다닌 간식거리를 꺼냈다. 냄새를 맡은 개는 꼬리를 격렬하게 흔들며 기뻐했다. 뭘 좋아할지 몰라서 나는 여러 가지를 준비해 왔다. 당근, 개 비스킷, 육포와 개 껌을 꺼내 하나씩 늘어놓았다. 개는 침착하게 앉아서 그 애를 쳐다보았다. 그 애는 고개를 가볍게 끄덕했고, 개는 당근부터 순서대로 한입에 바닥을 쓸면서 일 초 만에 다 삼켜 버렸다.

그리고 나한테 다가와 눈을 반짝반짝 빛내며 간절하게 올려다 보았다. 나는 무릎을 굽히고 쭈그려 앉아서 개와 눈높이를 맞추고 머리를 쓰다듬어 주었다. 그 애도 무릎을 굽히고 개 옆에 쭈그려 앉아서 나와 눈을 마주쳤다. 그런 다음 천천히 또박또박 말했다.

"너는 어떻게 말해? 고맙다는 말?"

처음이었다. 나의 언어로 고맙다는 말을 어떻게 하는지 묻는 사람은. 그냥 고맙다고 말하면 되는데 나는 나도 모르게 엄마와 나만의 약속인 수화로 가득 찬 마음이라고 말했다. 어렸을 때 이후로는 쓴 적이 없는 수화였는데 갑자기 튀어나왔다. 손으로 상대방을 가리킨 다음에 심장 근처로 가져가 원을 그리며 쓰다듬는 일련의 동작을 그 애는 천천히 정확하게 따라 했다. 그것은 이제 지구상에서 단 세 명만 알고 있는 단어가 되었다. 나는 구화로 고맙다고 덧붙였다. 그런 다음 우리 셋은 함께 걷기 시작했다. 마치 오래전부터 그랬던 것처럼 자연스럽게.

마르첼로에게 간식을 준 이후로도 나는 늘 가방에 마르첼로 간식을 넣고 다녔다. 마르첼로는 그 애의 개 이름이다. 이탈리아 고전 영화에서 사기꾼으로 등장하는 미남 청년의 이름에서 따왔다고 한다. 마르첼로는 나를 보면 운동장 끝에서든 복도에서든 반갑게 달려왔다. 다행히 한민과 집도 같은 방향이어서 학교 끝난 뒤 함께 집에 가기 시작했다. 너무 자연스럽게 급격히 친해져서 어떻게 친해졌는지 말로 설명할 수 없다. 한 가지 확실한 건 마르첼로가 우리 사이를 부드럽게 연결해 주었다는 거다. 마르첼로는 맹인 안내견으로 한민에게는 눈이고 가족이었다. 그 둘은 언제나 한 세트 같았다. 무한한 신뢰로 형성된 관계였다. 마르첼로가 그의 눈 역할을 하는 게 아니라 그가 마르첼로의 시선으로, 개의 눈으로 세상을 보고자 했다. 마르첼로는 사실 맹인 안내견으로 훈련 받은 개는 아니었다. 그 둘이 만나게 된 과정은 한민이 얘기해 준 바에 따르면 다음과 같다.

어느 여름밤에 산책하고 집에 돌아가던 길이었다. 쓰레기봉투를 뒤지고 있던 커다란 강아지 한 마리가 졸졸 따라왔다. 얼굴은 강아지였지만 크기는 보통 성견의 두세 배는 되었다. 목줄이 달려 있었고, 잘생겼지만 털 관리가 엉망이고 지저분한 골든레트리버였다. 길을 잃은 것 같아서 집으로 데려가서 밥을 먹이고 씻기고 방에서 재웠다. 다음 날 아침, 개를 데리고 산책을 시키다가 그 개가 자기 거라고 주장하는 사람을 만났다. 개를 돌려주고 돌아오는데 그 개 보호자가 너무 어둡고 거칠어 보여서 마음이 무거웠다고 한다. 다음 날, 이른 아침부터 누군가 현관문을 긁으며 우는데 그 개였다. 집 안으로 데리고 와서 밥을 먹이고 유기견 보호소와 근처 동물 병원에 연락처를 남겼는데 다행히 이틀 뒤에 보호자와 연락이 닿았다. 다시 개를 돌려주고 왔다. 하지만 다음 날 아침, 개는 다시 찾아와 또 집 문을 긁으며 울었다. 줄까지 끊고 온 모양이었다. 보호자에게 연락했더니 그는 잠시 맡고 있던 개라며 원한다면 데려가라고 차갑게 말했고, 한민은 그 즉시 개를 가족으로 맞았다. 마르첼로라는 이름을 붙여 주고 평생을 함께 살기로 결심했다.

한민은 마르첼로에게 맹인 안내견 옷을 입히고 간단한 훈련을 시켰다. 마르첼로는 영리해서 잘 따랐고, 맹인 안내견 연기를 할 수 있게 되었다. 맹인 안내견 옷을 입히면 전철에도 데리고 갈 수 있고 식당에도 데리고 갈 수 있고 언제나 함께할 수 있었다. 물론 정식으로 맹인 안내견을 데리고 올 수도 있지만 한민에게 다른 개는 필요 없었다. 마르첼로가 아니면 안 된다. 둘은 한 몸이나 다름없었다.

마르첼로를 사이에 두고 한민과 나는 많은 대화를 나눴다. 그는 나의 발음을 참을성 있게 잘 들어 주었고, 내가 그의 입술을 읽을 수 있도록 또박또박 정확하게 말해 주었다. 한민은 스타일이 좋다는 칭찬을 가장 좋아했다. 학교에서 그의 옷을 칭찬해 준 사람은 내가 처음이라고 했다. 아침마다 그토록 패션에 신경 써서 갖춰 입고 나오는데도. 그는 선글라스만 서른 개 있었다. 나도 헤드폰을 서른 개쯤 가지고 있었다. 나에게는 일종의 패션 아이템으로 디자인과 색상이 미세하게 다 달랐다. 그날 신은 운동화 색과 디자인을 고려해 날마다 공들여 헤드폰을 골라서 착용하는데 아무도 그걸 눈치채지 못했다.

그는 내가 헤드폰을 멋으로 쓰고 다니는 것을 처음으로 이해해 준 사람이었다. 그는 선글라스를 몸의 일부로 여겨서 절대 벗지 않았다. 샤워할 때 쓰는 샤워용 선글라스가 따로 있다고 했다. 나는 아직 샤워용 헤드폰을 못 마련했다. 그는 필름 카메라인 니콘 F2를 항상 지니고 다니면서 흑백 사진을 찍었다. 흑백 명암 단계를 나보다 몇 배는 풍부하게 구분했다. 색을 못 보니까 오히려 명암과 질감과 움직임과 깊이를 더욱 뚜렷하게 인지할 수 있다고 했다. 마치 이누이트족이 하늘에서 내리는 눈을 서른 가지 종류로 구분할 수 있듯이.

내가 소리를 못 듣는 것에 불편함을 못 느끼듯이 그도 색을 못 보는 것에 불편함을 못 느꼈다. 그는 안 봐도 알 수 있다고 했다. 사람은 냄새만 맡아 보면 알 수가 있다고. 나에게는 좋은 냄새가 나니까, 좋은 사람이라고 했다. 그는 마크 로스코와 생일이 같았다. 꼭 생일이 같아서 그런 것만은 아니었지만 그 애는 세상 사람을 마크 로스코의 그림을 좋아하는 사람과 좋아하지 않는 사람, 이렇게 두 부류로 나누는 것 같았다. 다행히 나는 마크 로스코의 그림을 좋아했기 때문에 한민의 친구가 될 수 있었다. 이건 특별하다고 할 수 있는데 왜냐하면 그는 좋아하는 것에 비해 싫어하는 것이 절대적으로 많기 때문이다.

우리는 중학교 내내 붙어 다녔다. 같은 고등학교에 진학했고 고3인 지금도 여전히 나를 가장 잘 이해해 주는 건 한민과 마르첼로다. 그다음은 할머니다. 엄마와 둘만 알던 수화로 소통하던 시절에는 할머니와 얘기할 기회가 없었지만, 구화가 익숙해지면서 할머니와의 대화를 즐기게 되었다. 하숙생들과 멀어진 뒤로 감옥처럼 느껴졌던 집에 숨구멍을 틔워 준 것도 할머니다. 나와 엄마는 여전히 서먹한 관계였다. 할머니는 엄마가 늘 어둠을 몰고 다닌다며 미스 블랙홀이라고 불렀다. 슬프게도 그 별명이 썩 잘 어울렸다. 엄마는 늘 슬픔에 잠겨 있는 것처럼 보였다. 항상 그랬다. 과묵했고 지나치게 검소했다. 꾸밀 줄도 몰랐다. 똑같은 디자인의 옷을 열 벌쯤 갖고 있었는데 다 검은색 아니면 짙은 회색이었다. 수녀님도 아니면서. 화장도 안 하고 긴 머리를 언제나 하나로 묶었다. 가끔 그게 화가 날 때가 있다. 왜 화가 나는지 설명할 수는 없지만.

할머니는 모든 면에서 엄마와 달랐다. 언제나 밤에는 헤어롤에 머리를 말고 잠들었고, 아침에는 누구보다 일찍 일어나서 풀 메이크업을 하고 화려한 원피스를 입고 단정히 앉아 아침 드라마를 보았다. 고상하고 우아했다. 집 안에서도 항상 외출복을 입고 있었다. 자신에 대한 몸단장은 말끔했지만, 집안을 돌보지는 않았다. 주위 사람들이 자신을 떠받들고 대접하도록 만드는 재주가 있는 사람이었다. 주로 부리는 사람은 엄마였다. 그렇다고 할머니를 원망할 생각은 없었다.

할머니는 도저히 미워할 수 없는 사람이었다. 할머니의 유쾌함이 나는 좋았다. 할머니는 여왕벌처럼 사람들을 불러 모으는 기질이 있었다. 매일 동네 친구들이 선물을 사 들고 찾아왔다. 나름대로 멋을 낸 할아버지들이 대부분이었는데, 나를 볼 때마다 자신이 내 친할아버지가 될 뻔했다며 징그러운 웃음을 짓는 사람들이었다. 그들은 과일이나 화과자 세트 같은 것을 사들고 찾아왔다. 거칠어 보이는 할아버지들이 할머니 앞에서는 얌전하고 매너 있게 굴었다. 보통 두세 명의 친구들이 함께 놀러 왔다. 그들은 옛날 레코드를 틀어 놓고 커피를 마시며 음악을 들었다. 커피, 프리마와 설탕을 1:1:1로 조제하는 것도, 레코드를 트는 것도 다 내 담당이었다. 그걸로 용돈을 벌 수 있었다. 그렇지만 꼭 용돈을 벌기 위해서 하는 건 아니었다. 나는 그 일이 좋았다.

할머니가 앨범 제목을 말하면 나는 잘 정리된 수백 장의 레코드에서 판을 꺼내 턴테이블 위에 올렸다. 이것은 근사한 마법이었다. 턴테이블에 올린 앨범에서 어떤 음악이 흘러나오는지는 사람들의 표정에서 알 수 있었다. 레코드판이 돌아가자마자 동시에 각자의 기억 속으로 빨려 들어가는 사람들을 지켜보는 건 경이로웠다. 사람들 얼굴 위로 음악이 떠오른다고 표현할 수밖에 없다. 나는 그 분위기를 들을 수 있었다. 음악이 끝나면 판을 뒤집어야 하기 때문에 나는 할머니 방 벽장에 걸터앉아 책을 읽으며 레코드판이 다 돌아갔는지 끊임없이 체크했다. 간혹 입 모양으로 대화를 엿들을 때도 있었는데, 이분들의 대화는 늘 같았다. 옛날에 놀러 갔던 이야기 아니면 뭐를 먹으면 뭐에 좋다는 문장이 단어만 바뀌면서 끝없이 되풀이되었다. 할아버지들 대부분이 틀니를 해서 입술 모양이 부정확한데도 쉽게 알아들을 수 있는 건, 늘 같은 얘기를 반복하시기 때문이다.

한바탕 즐겁게 대화를 나누다가 손님들이 가고 나면 할머니는 선물 꾸러미를 쌓아 놓고 공허한 표정으로 앉아 있곤 했다.

"할머니, 친구가 그렇게 많으면 힘들지 않아요? 나는 이름도 못 외울 것 같은데."

내가 이렇게 묻자 할머니는 말했다.

"어른들의 관계란 그런 거야. 사람마다 적절한 거리가 있거든. 가까워지면 결국엔 멀어지지. 그런데 멀어지지 않으면서도 아주 가깝게 다가가는 어떤 지점이 있어. 사람마다 그 적절한 거리를 찾아내서 유지하는 거야. 각 관계를 교통정리 하면서. 쉬운 일은 아니지. 쉽지 않아. 하지만 보람이 있지. 보람이 없기도 하지만."

할머니가 해 준 얘기는 고모가 집을 나갈 때 두고 간 로맨스 소설책에서 읽은 사랑하고는 매우 달랐다. 그래도 나는 항상 궁금했다. 그중에 할머니에게 가장 가깝게 다가가는 데 성공한 사람은 누구였을까? 할머니가 가장 사랑한 사람은 누구였을까? 미워할 정도로 사랑한 사람이 있었을까? 할아버지였을까? 할아버지는 간암으로 병원 입원 중 의료 사고로 돌아가셨다고 한다. 내가 태어나기 훨씬 전의 일이다.

"그 수많은 남자 중에서 할머니가 가장 사랑하는 사람은 누구예요?"

내가 물었을 때 할머니는 이렇게 대답했다.

"너는 사랑을 모르는구나. 나는 언제나 단 한 명을 사랑했어. 그 순간만큼은. 그 남자들을 나는 다 사랑했다."

할머니가 사랑이라는 단어를 발음할 때마다 나는 한민을 떠올렸다. 친해지기 전에는 심장이 터질 듯이 두근거려서 이런 게 첫사랑인가 보다 생각하기도 했지만 친해진 지금은 그저 편하고 좋기만 하다. 연애라는 생각은 전혀 들지 않는다. 한민도 마찬가지인 것 같다. 내가 제일 친한 친구이기는 해도 사귄다는 생각은 하지 않는 것 같다. 하지만 내가 사랑이란 걸 한다면 그 대상은 한민뿐이다. 내게는 한민밖에 없다. 그 감정을 정확히 설명할 수가 없다. 확실한 건 그저 함께 있는 시간이 좋고, 가능하면 오래 함께 있고 싶은 사람이라는 거다.

다음 날 나는 학교에 가자마자 수업이 끝나기만을 기다렸다. 수업이 끝나고 언제나처럼 운동장 가장자리 나무 그늘에서 한민을 기다렸다. 마르첼로가 먼저 달려와 내게 안겼다. 다른 사람이 내 몸에 손을 대는 것을 극도로 싫어하는데 마르첼로만은 예외다.

"나는 마르첼로처럼 살고 싶어. 사람을 껴안고 있으려면 이상하게 복잡해지잖아. 따져야 할 것도 많고 생각해야 할 것도 많고. 근데 개들은 그런 거 없이 그냥 매 순간 최선을 다해서 기뻐하고 달려와 안기거든."

나는 그렇게 말하는 한민의 얼굴을 쳐다보았다. 그 얼굴에선 빛이 났다. 나는 혼자 있는 한민보다 마르첼로와 함께 있는 한민이 더 좋고, 내가 그냥 나일 때보다 한민과 같이 있을 때의 내가 더 좋다. 그럴 때 좀 더 완전해진 느낌이 든다. 우리는 집까지 함께 천천히 걸어갔다. 일부러 먼 길로 돌아서 갈 때도 있었다. 처음에는 내가 보는 것과 한민이 보는 것이 다르고, 한민이 듣는 소리를 나는 못 듣는데 서로를 이해할 수 있을까 걱정하기도 했다. 그러다가 마르첼로를 보면 걱정이 눈 녹듯이 사라졌다. 마르첼로가 듣고 보고 냄새 맡는 세상을 나는 상상도 할 수가 없다. 하지만 세상을 느끼는 방식이 이토록 다른 마르첼로와 나는 사랑하는 데 아무 지장이 없다. 마찬가지로 설령 한민과 내가 아주 다른 존재라거나 세상을 감각하는 방식이 다르다고 해도, 이해할 수 있는 것을 뛰어넘는 감정이 존재할 수 있다고 나는 확신하게 되었다.

어느 날 남자 친구가 있냐는 할머니의 질문에 나는 이렇게 대답했다.

"남자 친구는 아니고 그냥 친구가 있는데……. 근데 그 친구의 개가 자꾸자꾸 보고 싶어."

할머니는 이렇게 대답했다.

"사랑은 느낌이 다가 아냐. 실물이 오고 가야 사랑이야."

그렇게 말하면서 할머니는 선물 포장지를 끌러 초콜릿이나 곶감 같은 걸 내게 꺼내 주었다.

"네가 느끼는 걸 상대방도 그대로 느낄 거라고 착각해선 안 돼. 백 개쯤 해 주면 상대방이 한 개쯤 눈치채고 감정을 느끼는 게 사랑이야. 마음만으로는 아무 소용이 없어. 사람은 빈껍데기니까. 사람과 사람 사이의 관계만이 내가 어떤 사람인지 알려 주는 거야. 관계는 길 같은 거지. 많이 걸어 다녀야 길이 반들반들하게 나는 거고. 그러니까 저 사람을 내 사람으로 만들려면 최대한 많이 받아 내야 한다. 선물을 달라고 해. 이것저것 달콤한 거 있잖아."

그래서 할머니의 입술이 사랑이라는 모양으로 움직일 때 거기에는 항상 달콤하고 향긋한 기억이 따라왔다. 나한테는 그렇게 말했지만 할머니는 선물을 들고 찾아오는 할아버지들에게 사랑을 베푸는 대신 때때로 아주 차갑게 굴었다. 집에 돌아오면 거실에는 늘 할머니가 앉아 있고 옆에는 할머니 친구들이 앉아 있었다. 그중 최 사장이라는 할아버지는 다른 친구분들과는 조금 달랐다. 친구들을 모아 놓고 그는 땅 사는 법에 대해 일장 연설을 늘어놓곤 했다. 그 할아버지의 말에 의하면 땅을 잘 사려면 법의 빈틈을 잘 찾아야 한다고 했다. 법도 인간이 만든 것이기에 반드시 빈틈이 있고 바로 그 틈에 돈이 모여 있다고 했다. 그런 틈은 곧 발견되어 틈이 사라지도록 부동산법이 개정되게 마련이므로 그 전에 재빨리 사고팔아야 한다고 했다. 최 사장은 할머니도 땅을 보러 다니도록 부추겼다. 좀처럼 외출하는 법이 없던 할머니는 최 사장과 땅을 보러 다닌다면서 외출을 자주 하기 시작했다.

주위에 사람이 많으면 말도 많아진다. 어떤 말이 할머니를 부추겼는지 잘 모르겠지만 할머니는 큰 결단을 내렸다. 나의 인공 와우 수술을 결정한 것이다. 물론 나는 강하게 반대했다.

인공 와우 수술에 관해서는 익히 들어 왔지만, 수술을 받고 싶다는 생각은 단 한 번도 한 적이 없었다. 인공 와우 수술은 기능을 잃어버린 달팽이관을 대신하여 뇌 속의 신경 세포를 전기 신호로 직접 자극해서 소리의 감각을 전달하는 임플란트 장치를 다는 수술이다. 두개골을 절개하는 수술을 해야 하고 머리와 귀에 임플란트 장치를 달고 다녀야 한다. 수술비가 비쌌지만, 정부에서 수술 보조금을 지원하기 시작하면서 수술받는 친구들이 많아졌다.

해마다 인공 와우 수술을 받고 일반 학교로 전학을 가는 친구들이 늘어났기 때문에 청각 장애반 학생들은 점점 줄어들었다. 그걸 다행이라고 해야 할지 불행이라고 해야 할지 모르겠다. 남아 있는 학생들도 수술을 찬성하는 파와 반대하는 파로 갈렸다. 나는 여전히 수화를 잘 못하고 청각 장애인 사이에서는 이방인 같은 존재라 수술에 대해 크게 신경 쓰지는 않았지만, 수화를 바탕으로 고유한 문화를 만들며 대가족처럼 긴밀한 관계를 유지하던 청각 장애인들은 수술을 반대했다. 못 듣는 것은 그들 삶의 핵심적인 정체성이었다. 소리 없이도 이미 충만하고 행복한 생활을 누리고 있었는데 그걸 괜히 깰 이유는 없었다. 하지만 하나둘씩 수술하는 사람들이 생겨나자 견고했던 공동체에 금이 가기 시작했다.

나는 무엇보다도 우리 집 형편이 어렵다고 생각했기 때문에 수술은 꿈도 꾸지 않았다. 정부 보조금으로 수술비는 많이 들지 않았지만 수술 후 장치에 익숙해지기 위한 매핑과 음악 치료 비용이 비싸다고 들었다. 엄마와 할머니도 그렇게 생각하셨던 것 같다. 내가 교통사고를 당하기 전까지는. 그동안 나는 교통사고를 당할 뻔한 적이 많았다. 차가 오는 소리를 못 들어서 가능하면 길 가장자리에 붙어서 걷는 습관이 있지만, 가끔 딴 생각에 골목 한가운데로 걷다가 차에 치일 뻔했다. 경적을 울리다가 지친 운전자가 차를 세우고 달려 나와서 욕을 퍼부은 적도 수없이 많다. 그럴 때는 헤드폰을 벗고 마치 헤드폰 때문에 못 들은 양 미안해하면서 재빨리 가장자리로 달아나야 한다.

내가 소리를 못 들어서 그랬다는 걸 알게 되면 반응은 두 가지다. 소리도 못 들으면서 위험하게 왜 돌아다니느냐며 화를 내는 사람과, 그런 줄 몰랐다며 미안해하는 사람. 어쨌든 둘 다 싫은 건 마찬가지다. 한번은 나도 같이 욕한 적이 있다. 택시 기사가 다짜고짜 달려와서 내게 욕하는데 그날따라 고맙게도 그동안 욕 수첩을 보며 연습했던 욕이 자동으로 튀어나왔다. 꽤 긴 욕이었다.

"전봇대 뽑아다가 양 눈깔에 확 처넣어 줄까 아니면 전기톱으로 대가리 갈아다가 아가리 속에 던져 줄까 이 태양계에서 쫓겨난 명왕성 같은 놈아."

욕에도 적당한 억양이 있다는 것을 그땐 몰랐다. 나는 그걸 가능한 한 크고 또박또박 일정한 톤으로 외쳤다. 욕을 들은 택시 기사가 나를 때릴까 봐 벌벌 떨었는데, 그는 더러운 것을 피하듯 뒤로 물러서더니 그대로 차를 타고 후진해서 가 버렸다. 그러니 나름의 효과가 있었다고는 해야겠다.

그런데 이번에는 어떤 차가 나를 살짝 비켜서 가려다가 내 몸의 왼쪽을 받아 버렸다. 팔이 부러져 한 달간 깁스를 해야 했다. 다행히 교통사고치고는 가벼운 부상이었지만 엄마와 할머니는 비슷한 사고가 또 일어날 수 있다면서 내 의사와는 상관없이 인공 와우 수술을 강행하기로 결정했다. 물론 수술받고 싶다고 해서 누구나 가능한 것은 아니다. 나는 두 달에 걸쳐서 병원에서 정밀 검사를 받았다. 혈액 검사, 심전도 검사, 순음 청력 검사, 청성 뇌간 반응 검사, 이음향 방사 검사, 임피던스 청력 검사, 청성 안정 유발 반응 검사 등을 받고, 측두골 CT, 측두골 MRI, 뇌 양전자 방출 단층 촬영을 했다. 그 외에도 신경정신과에서 임상 심리 검사를 받고, 안과에서는 시야 검사를 받았고, 뇌신경 검사, 전정 기능 검사, 전기 감각 자극 검사, 유전학 검사를 받았다.

병원을 들락날락하며 검사받는 게 너무 지겨운 나머지 빨리 수술받아 이 모든 것을 끝내 버리고 싶다는 마음뿐이었다. 지리멸렬한 검사 기간 동안 엄마는 수술을 받고 나면 새로운 세계가 열리고 사는 게 훨씬 수월해질 거라고 거듭 강조했다. 엄마가 그럴수록 나는 더더욱 수술받기가 싫어졌다. 소리를 못 듣는다고 해서 불편함을 느낀 적은 없었다. 태어날 때부터 원래 그랬으니까. 이 상태로 이미 내게는 완전한 세상이니까. 오히려 내가 받아들이는 감각 외에 소리라는 감각이 하나 더 있고, 사람들이 그것에 의지해 살아간다는 게 내게는 더 이상한 일이었다. 언젠가 엄마는 나에게 말했다. 이 세상에는 귀가 들리는 사람이 있고 그렇지 않은 사람도 있는데, 그건 못 듣는 게 아니라 안 들리는 능력이 있는 거라고. 모두가 가지고 있는 능력이 없는 게 아니라, 특별히 안 들리는 능력이 더 있는 거니까 신비한 일이라고. 나는 축복받은 거라고. 그렇게 말했던 것을 엄마는 다 잊었나 보다.

수술이 내키지 않았던 또 하나의 이유는 집 때문이다. 할머니는 수술비 마련을 위해 우리가 살고 있는 집을 팔 거라고 했다. 정부 보조금이 나온다고 들었기 때문에 집까지 팔아야 할 수술인지 의아했지만 하여간에 할머니는 집을 팔아야 한다고 했다. 나는 내가 태어나고 자란 이 집과 새로 태어날 귀 사이에 있었다. 둘 중에 하나를 선택하라면 나는 언제나 귀보다는 집을 선택할 것이다. 내 영혼의 지도를 그린다면 이 집과 같은 구조일 것이다. 내 마음은 이 집과 함께 자랐고 이 집을 닮았다. 이곳엔 방이 많고 방마다 사람이 한 명씩 산다. 옥상과 다락방처럼 특별한 감정 상태일 때마다 찾아가는 장소가 있고, 비어 있는 공간이 많았다.

이 집에 있는 사물들은 각각 하나의 언어였다. 이제는 죽은 언어나 마찬가지이지만 한때 그것은 수화를 통해 완벽한 언어로 엄마와 나 사이에 온전한 소통을 이루게 했다. 태어나서부터 지금까지 쭉 나의 세계는 이 집에 속해 있었다. 엄마와 할머니, 비 오는 날과 나무와 옥상, 행복과 슬픔에 관한 시간까지 모두 이 집의 일부였다. 그런데 이사를 가 버리면 이 집과 닮은 내 마음들은 어디로 가는 걸까? 내 영혼이 집과 함께 사라질까 봐 나는 무서웠다.

긴 검사가 끝나고 마침내 결과 발표 날이 왔다. 나의 달팽이관은 너무 깊게 잠들어 버려서 수술이 불가능하다는 말을 기대했지만. 의사는 검사 결과가 아주 좋고 인공 와우 수술을 받기에 최적의 상태라고 했다. 게다가 태어나면서부터 못 들었다면 적응이 어렵지만 나는 1년 넘게 청력이 유지되었기 때문에 약간은 적응하기 쉬울 거라고 했다. 순간 환자 차트가 바뀌었다고 생각했다. 분명히 모두가 나는 태어나면서부터 소리를 못 들었다고 했으니까. 나는 더듬거리며 차트가 바뀐 것 같다고 말했다. 의사는 다시 또박또박 말했다.

“기록에는 10개월 무렵에 독감에 걸려서 입원한 적이 있고, 농인으로 확진받은 것은 24개월 무렵이라고 나오는데요. 맞지요?”

순간 엄마가 긴장하는 것이 느껴졌다.

“아니요. 저는 태어날 때부터 못 들었어요.”

“어릴 때라 당연히 기억이 안 나겠지요. 여기 기록이 있습니다.”

나는 엄마를 쳐다보았다. 엄마는 내 시선을 피해서 땅만 보고 있었다. 나는 분해서 아무 말도 하지 않았고 속으로 계속 씨발씨발 욕을 했다. 집에 도착해서 할머니와 엄마 앞에서 폭발했다.

"왜 속였어요? 왜 원래부터 못 들었다고 거짓말했어요?"

할머니가 말했다.

"네 고모가 그렇게 하자고 그랬어. 우릴 원망할까 봐. 우리가 병원에 늦게 데려가서 못 듣게 된 거라고 우릴 원망하면 어떻게 해? 이렇게나마 죄책감을 덜려고 그랬다. 너도 우리가 평생 죄책감 갖고 살길 바라진 않지? 사실대로 말한다고 해서 네가 듣게 되는 것도 아니잖냐."

"아니 숨길 것이 따로 있지. 그걸 왜 속여요? 그냥 솔직하게 말하면 더 쉽잖아요. 왜 맨날 일을 복잡하게 만들어요?"

"너 마음 편하라고 그런 거야. 그래도 다행이잖니. 어릴 때 소리를 들은 적이 있어서 수술 후에 적응이 어렵지 않다니까."

할머니는 달콤한 초콜릿을 꺼내 내 입에 넣어 주면서 말했다. 엄마는 아무 말도 하지 않았다. 아무도 내게 미안하다는 말을 하지 않았다. 그게 가장 속상했다. 내 귀가 안 들리는 게 후천적인 원인이라는 걸 안다고 해서 내 삶이 달라지는 건 아니지만, 내가 내 상태에 대해 정확히 알고 있으면 적어도 존중받는 느낌은 든다. 내가 원망하는 것은 어른들의 잘못된 판단과 대처가 아니라 원망받을까 봐 평생에 걸쳐 해 온 거짓말이다. 언제나 진실이 낫다. 설령 그것이 아픈 진실이라도.

내 삶은 거짓말로 쌓아 올린 모래성 같다. 아빠가 있다는 말은 사실일까? 그것도 거짓말 아닐까? 엄마가 정말 내 엄마는 맞는 걸까? 내가 할머니를 꼭 닮은 거 보면 가족인 건 맞는 것 같기도 한데. 나는 정말 우리 가족을 이해할 수 없고 지긋지긋했다. 빨리 인공 와우 수술을 받고 일을 하고 돈을 벌어서 이 집을 떠날 수 있기만 간절히 바랐다.

마침내 수술 날짜가 잡혔다. 수술 전날 나는 복잡한 마음을 어찌할 수가 없어서 한민과 마르첼로를 불러서 긴 산책을 했다. 나는 한민에게 물었다.

"색을 볼 수 있는 안경이 있다면 넌 그걸 쓰고 다닐 것 같니?"

"아니."

한민은 한 치의 망설임도 없이 바로 대답했다. 그렇게 솔직한 게 한민의 매력이다.

"꿈에서는, 꿈에서라도 볼 수 있으면 좋겠니?"

"아니. 하지만 꿈에서는 가끔 색을 봐. 기억 어딘가에 남아 있나 봐."

"나도 그래. 꿈에서는 소리를 들어. 부끄러워서 그동안은 아무한테도 얘길 안 했는데."

"그게 부끄러운 일인가?"

"나는 소리를 못 들어도 전혀 상관없다고 말해 왔는데, 꿈에서 소릴 들으면 그건 왠지 내가 은밀히 그걸 바라는 것 같잖아."

"나는 꿈에서 색이 보이면 이렇게 외쳐. 왜 내가 그걸 원할 거라고 생각하죠? 이걸 열 번씩 외쳐."

"꿈에서 그게 마음대로 되니?"

"연습하면 다 돼."

나는 꿈에서도 바로 외칠 수 있도록 그 문장을 연습하고 또 연습했다. 왜 내가 그걸 원할 거라고 생각하죠? 왜 내가 그걸 원할 거라고 생각하죠?

수술 날이 다가왔다. 병원에 입원하면서도 그 문장을 되뇌었다. 두려움을 막아 주는 주문 같았다. 입원 절차를 밟은 뒤 환자복으로 갈아입자마자 제일 먼저 삭발을 했다. 절개 부위만 밀어도 되지만 나는 전체 삭발을 고집했다. 일종의 반항심인지도 모르겠다. 마취실에 들어가기 전에 할머니가 병실로 왔을 때 나는 여전히 뚱한 표정으로 누워 있었다. 할머니는 침대 옆에 서서 내 까칠까칠한 머리를 살짝 쓰다듬었다. 그리고 내 얼굴 위로 고개를 내밀어서 입술 모양이 잘 보이도록 한 뒤에 또박또박 말했다. 언젠가 내가 사랑하는 사람을 만나게 되었을 때, 그의 목소리로 사랑한다는 말을 듣길 바란다고. 그 순간이 오면 엄마와 할머니의 결정에 뒤늦게 감사해할 거라고. 수술이 실패하면 어떡하냐고 묻자 할머니는 실패해도 못 듣기밖에 더 하겠냐고 했다. 머리가 잘못되면 어떡하냐고 다시 묻자 할머니는 뇌가 망가질 수는 있지만 그래도 행복하게 사는 데는 지장이 없다고, 살아 보니 그렇다고 평온하게 말했다.

그때 병실 문이 열리며 의사와 간호사가 들어왔다. 반백의 곱슬머리가 멋있는 의사 선생님은 차분한 성격이었지만 나를 볼 때는 항상 들떠 있었다. 그는 내게 귀를 줄 수 있다는 사실에 도취되어 있었다. 나는 그게 싫었다. 내 몸을 전적으로 남에게 맡겨서 도움받아야 한다는 게 싫었다. 한마디로 수술과 관련된 모든 것이 마음에 들지 않았다. 의사 선생님은 수술 과정을 다시 간략하게 설명했다. 전신 마취 후에 머리를 절개한 후 피부와 조직을 젖혀 놓고 이식기가 위치할 귀 뒷부분의 뼈를 드릴로 구멍 낼 예정이라고 했다. 달팽이관에 구멍을 낸 뒤에 전극을 삽입하고 전극과 이식기를 고정한 다음 절개 부위를 봉합하면 끝나는데, 서너 시간 정도면 되는 비교적 간단한 수술이라고 강조했다. 그리고 이제 마취실에 갈 시간이었다. 나는 뒤따라오는 엄마와 할머니를 붙잡았다.

"혼자 갈 수 있어요."

나도 못 듣는 내 목소리로 말했다. 그 목소리가 어떤지 조만간 나도 알게 될 것이다. 마취 주사를 맞으며 나는 눈을 감고 두려움을 막아 주는 주문을 되뇌었다. 왜 내가 그걸 원할 거라고 생각하죠? 왜 내가 그걸 원할 거라고 생각하죠? 왜 내가 그걸 원할 거라고 생각하죠? 끝없이 되뇌다가 그만 눈을 뜨고 말았다. 마취를 다시 해야 하나 보다고 생각했는데 온몸이 무거워서 움직일 수 없었고 두개골이 깨질듯이 아팠다. 마취실이 아니라 병실이었다. 수술은 이미 끝나 있었다. 온몸이 무거워 움직일 수 없다는 것 빼곤 달라진 게 아무것도 없었다. 여전히 아무 소리도 들리지 않았고, 보이는 것은 병실 천장뿐이었다. 목이 무척 말랐다. 말을 하고 싶었지만 입술이 떨어지지 않았다. 간신히 고개를 오른쪽으로 돌렸을 때 의자에서 잠들어 있는 엄마의 모습이 보였다. 나는 남은 힘을 모아 엄마를 불렀다. 엄마를 세 번쯤 소리 내 불렀을 때 엄마가 듣고 깨어 내게로 왔다. 수술이 잘 되었다고 한다. 하지만 바로 들을 수 있는 건 아니고 상처가 아물기까지 4주를 더 기다려야 한다고 했다.

사흘 뒤에 퇴원을 했다. 내가 입원해 있는 동안 이사를 해서 새집으로 들어갔다. 지은 지 얼마 안 되는 새 아파트였다. 생각보다 집이 넓어서 당혹스러웠다. 내 수술비 마련을 위해 어쩔 수 없이 이사했다고 하기엔 집이 넓고 좋았다. 옛날 집을 팔고 아파트를 사기 위해 수술비 마련이라는 핑계를 대었던 게 아닐까 의심이 갔다. 화장실이 두 개 있고, 방이 네 개 있고, 부엌에 쪽방까지 딸린 넓은 집이었지만 짐이 많았다. 많은 것을 버리고 왔지만 그래도 짐이 많아서 그 큰 집이 가득 찼다. 내 방은 말끔히 정리되어 있었다. 포장 이사라 있던 그대로 옮긴다더니 거짓말이었다. 그걸 보고 참을 수 없이 눈물이 났다. 내 방이 얼마나 질서 정연하게 어질러져 있었는데, 그걸 다 정리해 버리다니. 아무렇게나 막 쌓인 것 같지만 쌓아 놓은 순서와 질서가 있었는데 다시 원래대로 어지르려면 긴 시간이 걸릴 것 같았다. 부엌과 화장실은 확실히 넓어졌고 편리해 보였다.

이 이사로 엄마가 가장 기뻤을 것 같았다. 이제는 하숙생도 없고 엄마의 집안일이 확 줄어들 테니까. 하지만 식탁 위 음식은 줄어들지 않았다. 엄마는 여전히 반찬을 열 가지씩 준비했다. 적은 양을 요리하면 간을 못 맞추었다. 할머니는 맛없는 음식을 먹을 바엔 음식을 많이 해서 맛있게 먹고 남는 걸 버리자고 했다. 그래서 엄마는 음식을 늘 하던 대로 15인분씩 준비했고 우리 셋은 여전히 맛있는 음식을 먹을 수 있게 되었다.

붕대를 풀고 인공 와우를 달아서 성능을 시험해 본 것은 그로부터 한 달 뒤였다. 인공 와우는 동전보다 약간 큰 크기의 동그란 장치에 소리 입력기가 줄로 연결되어 있는 형태인데, 동그란 장치를 오른쪽 머리에 자석을 이용하여 붙이고 소리 입력기를 한쪽 귀에 걸치게 되어 있었다. 인공 와우와 내 머리 안쪽에서 뇌와 직접 연결된 장치는 한 세트이기 때문에 외부 장치를 절대로 잃어버리면 안 된다고 의사 선생님은 재차 강조했다. 인공 와우를 작동시킨 뒤에 의사 선생님은 아무 말 없이 뒤로 물러앉았다. 엄마에게 말을 해 보라고 손짓했다. 내가 태어나서 처음 듣는 목소리의 주인공은 당연히 엄마여야 한다는 듯이. 엄마는 들썩이는 두 손을 깍지 껴서 내려놓고 목소리만으로 나를 불렀다.

"수지야? 내 목소리 들리니?"

나는 계속 안 들리는 척하고 앉아 있었지만 내 표정이 미묘하게 변하는 것을 지켜본 할머니가 웃으며 먼저 박수를 터트렸다. 모두가 박수를 치며 기뻐했다. 소리를 다시 듣게 된 기쁨으로 감격에 겨워 눈물이라도 흘리면 좋겠지만, 내가 가장 처음 들은 내 목소리는 이거였다.

"씨발!"

내 반응에 모두들 얼어붙었다. 영상 촬영을 하고 있던 간호사도.

물론 수술은 성공적이었다. 나는 들을 수 있게 되었다. 완전한 소리는 아니었지만. 기계적 신호로 변형된 소리를 듣게 될 거라는 걸 알고는 있었지만 정말로 그럴 줄은 몰랐다. 내가 상상했던 소리와는 정말 달랐다. 인공 와우를 통해 들려오는 소리는 끔찍했다. 선생님은 매핑이라는 과정을 통해서 내 귀에 맞도록 장치를 조정하면 괜찮아질 거라고 했지만 믿을 수가 없었다. 이 기계와 나는 결코 친구가 될 수 없을 것 같은 예감이 들었다. 인공 와우 수술을 받으면 행복해질 거라고 기대한 건 아니었지만 나는 생각보다 더 불행했다.

소리가 들린다는 것은 생각했던 것보다 훨씬 나빴다. 너무 시끄러워서 정신을 차릴 수가 없었다. 시끄럽다는 표현을 나도 드디어 쓸 수 있게 된 건 감격스러운 일이었다. 하지만 이래서는 살아갈 수 없겠다 싶을 정도로 세상은 시끄러웠다. 소리가 들린다기보다는 소리가 온몸을 때리는 것 같았다. 방향 감각도 이상해져서 종종 땅이 뒤흔들리는 것 같았고, 화장실에 가다가 현기증이 나서 그 자리에서 쓰러진 적도 여러 번 있었다. 의사 선생님은 소리가 몸에 익을 때까지 가능한 한 조용한 환경에 있고 자극적인 소리를 피하라고 했다. 시간이 흐르면 소리에 대해 두려움이 줄어들고 새로운 소리 자극에 대한 호기심이 늘어날 거라고 했다. 하지만 그런 일은 결코 일어나지 않았다.

처음 매핑 치료를 받을 때만 해도 희망이 있었다. 와우 장치를 나에게 맞도록 조율하면 온전한 소리를 들을 수 있을 줄 알았다. 선생님은 내 뒤에서 악기를 하나씩 흔들어서 그 소리가 내게 어떻게 들리는지 점검했다. 낮은 주파수의 소리부터 조금씩 대역폭을 늘려 가며 인공 와우 장치를 내게 맞도록 튜닝했다. 소리가 한결 매끄러워졌지만 본질적으로 바뀌지는 않았다. 여전히 내가 상상했던 소리와는 전혀 달랐다. 나는 이제라도 수술이 실패해서 나의 고요를 되돌려 받길 빌었다.

수술 후에 들었던 수많은 소리 중에서 좋았던 것은 두 가지뿐이었다. 일단 병원 의료 기기가 내는 전자음이 좋았다. 띵-하는 그 작은 소리는 단순하고 명확한 아름다움이 있었다. 하지만 소리가 복잡해질수록 더 심하게 변형된 소리가 났다. 또 내가 좋아하게 된 소리는 퇴원 후 집에서 쉬고 있는 동안 창문 밖에서 난 소리였다. 그 신비한 소리는 차 소리가 아니었다. 사람의 목소리도 아니었다. 파도가 부서지는 것 같은 소리였다. 내가 창밖에서 들리는 이상한 소리의 정체를 묻자, 엄마는 창밖을 내다보았다. 개 짖는 소리라고 했다. 누가 커다란 인절미 같은 개를 데리고 서 있는데 그 개가 멍멍 짖고 있다고. 하지만 그건 멍멍이 아니라 퀑-퀑-크왕크왕퀑이었다. 개 소리라는, 생전 처음 듣는 그 소리는 신비했다. 넓게 퍼지는 파란색 같았다. 그 소리를 들을 때마다 파란색이 떠올랐다. 그것뿐이다. 이 두 가지 소리 말고는 좋은 것이 없었다. 가장 끔찍했던 건 교향곡이었다. 턴테이블에 레코드판을 올리면서 넓고 깊은 호수의 물결과 같은 소리가 나길 바랐는데, 내 귀에 들려오는 건 전투기 수백 대가 동시에 날아올라 서로 치고받는 소리였다. 그 즉시 나는 할머니의 턴테이블 체인지 아르바이트를 그만두겠다고 선언했다.

입원해 있는 동안 한민을 못 만났다. 한민은 병원에 마르첼로를 데리고 들어가는 것에 대해 고민하다가 아예 문병을 오지 않았다. 소리에 적응할 때까지 조용한 곳에 있으라는 의사 선생님의 당부로 집 밖에 나가지 않았기 때문에, 한민을 다시 만났을 때는 삭발했던 머리가 길어서 머리에 연결한 외부 장치를 다 덮었다. 그는 멋진 헤드폰을 퇴원 선물로 들고 왔다. 세상에 듣기 싫은 소리가 더 많을 테니 그럴 때마다 헤드폰으로 귀를 막으라는 뜻으로 주었는데, 소리는 귀가 아니라 외부 장치에 딸린 소리 입력기로 들어오니 무용지물이었다. 하지만 헤드폰을 쓰니 머리의 수술 부위가 잘 가려졌다. 내 귀는 그야말로 장식용이 되었는데 그러므로 쓸모없는 아름다움을 갖게 되었다고 한민이 말했다. 그건 내가 태어나서 들어 본 중에 가장 아름다운 칭찬이었다. 내가 집에서 회복하는 동안 한민은 마르첼로와 함께 우리 집 앞까지 왔었다고 한다. 그러니까 내가 처음 들었던 개 짖는 소리는 마르첼로의 것이었다.

"엄마가 내 고요함을 빼앗아 갔어. 완전히 엉망진창이야."

나는 한민에게 고민을 털어놓았다.

"엄마는 나에 관해서는 항상 잘못된 선택만 해. 엄마는 내가 행복하길 바라지 않는 것 같아."

"너네 엄마 별명이 뭐라고 했지?"

한민이 물었다.

"미스 블랙홀."

"블랙홀은 빛이 없지만 별을 흡수하면서 빛을 남긴대."

"빛이 남겨지다니. 그럼 그 빛은 뭐해?"

"어딘가로 가지 않을까? 한 줄기 파도처럼. 바람처럼."

기대했던 답변이나 위로는 아니었지만, 기분이 나아졌다. 한민이 그렇게 말해 줘서 고마웠다. 나는 한민에게 모든 것을 다 털어놓았지만 인공 와우를 통해 들려오는 소리에 대해서는 말할 수가 없었다. 어쩐지 부끄러웠다. 수술 후에 사람들은 마치 내가 완전히 들을 수 있게 된 듯이 대했지만, 실상은 그렇지 않았다. 아무리 매핑으로 내게 소리를 맞춘다고 해도 그 소리가 본질적으로 바뀔 것 같지는 않았다. 일단 목소리가 똑 떨어지듯이 들리는 게 아니라 두리뭉실하게 들렸다. 해상도가 엄청 낮은 그림 파일을 보는 것처럼.

게다가 나는 제대로 된 소리를 모르기 때문에 내가 듣는 소리가 남들과 같은지 알 수가 없었다. 꿈에서 가끔 들었던 소리와 비교하자면 성능이 나쁜 기계를 통해 내는 소리 같았다. 음악도 목소리도 모두 그랬다. 같은 수술을 한 다른 친구들은 만족하는 걸 보면 나만 문제가 있는 것 같았다. 적어도 내게 이 수술은 명백한 실패였다. 하지만 이 수술에 들어간 가족들의 노고와 시간과 돈을 생각하면 실패라는 말을 할 수가 없었다. 불행 중 다행인 점은, 차 소리는 들을 수가 있어서 교통사고를 막는 애초의 목표는 달성했다는 거다. 엄마와 할머니가 바라는 건 그거였으니 그런 면에서는 성공했다고 할 수도 있겠다.

사람들은 내가 눈치로 대충 소리를 맞혀서 이해하는 걸 완벽히 들어서 이해한다고 생각했다. 이제 나는 들을 수 있는 사람이었고, 사람들은 나를 훨씬 덜 배려했다. 나는 수술 전에 외로웠고 수술 후에는 더욱더 외로웠다. 이 괴로움은 아무와도 나눌 수가 없었다. 아무리 한민이라고 해도 이 괴로움을 이해할 수는 없을 테니까. 우리 둘 다 몸에 불편한 점이 있으니 서로를 잘 이해할 거라고 잠시나마 생각했던 건 착각이었다. 아무리 이해하려고 노력해도 이해할 수 없는 게 있는 거다. 우리는 애초에 다른 사람인 것을.

소리를 듣게 된 이상 청각 장애반에서 수업을 들을 필요는 없었지만, 아직 소리에 대한 적응 기간이 남았으므로 나는 일반 학교로의 전학을 미뤘다. 한민과 같은 학교에 다니고 싶기 때문이기도 했다. 수술을 마치고 학교로 돌아왔을 때 나는 선생님들의 축하를 많이 받았다. 같은 반 친구들은 내가 수술받은 사실을 모른다는 듯이 대했다. 다들 마음이 복잡했을 것이다. 사람들의 반응에 나는 한없이 고독해졌다. 수술 결과를 궁금해하는 친구들에게 나는 아무 말도 할 수가 없었다. 인공 와우를 통해 들리는 소리가 내게는 끔찍했지만, 누군가에겐 그 소리가 절실할 수도 있다. 이전에 수술을 받은 친구들은 대부분 수술 결과에 만족해했다. 나는 인공 와우 수술을 추천도 비추천도 할 수 없는 입장이었다. 그냥 사람들이 내게 아무것도 묻지 말고 내버려 두길 바랐다.

나는 수업을 안 듣고 운동장에 나와 보내는 시간이 많아졌다. 한민의 수업이 끝나기만을 기다렸다. 우리는 언제나처럼 산책했지만 많은 것이 달라졌다. 한 세계가 닫히고 한 세계가 열렸다. 나는 소리가 없는 세계에서 불완전한 소리의 세계로 옮겨졌다.

코스모스 사운드트랙

한 달 뒤에 나는 일반 학교로 옮겼다. 물론 학교에 제대로 적응하지 못했다. 수업 진도도 너무 다르고 모든 게 너무 빠르고 시끄러웠다. 교실 위에 달린 스피커에서 나오는 저급한 음질의 방송은 날 괴롭게 했다. 그에 비하면 같은 반 친구들의 무관심은 오히려 고마웠다. 공부에는 전혀 흥미가 생기지 않았고, 수업 내용을 따라갈 수도 없었다. 그렇게 일반 고등학교를 몇 주 다니다가 그만두었다. 대학에 갈 생각이 없었고, 하고 싶은 것도 없었다. 무엇이 되어야 할지 알 수 없었다. 그 학교에 다니고 싶지 않다는 것만이 확실했다.

청소년이 학교에 다니고 있는 상태가 아닐 때는 어떻게 되는지 나는 들어 보거나 배워 본 적이 없었다. 상상해 본 적도 없었다. 책에도 없었다. 마찬가지로 소리가 없는 세계에서 불완전한 소리의 세계로 간 사람들의 이야기도 책에는 없었다. 그 어떤 책도 나에게 설명해 주지 못했다. 과거도 없고 미래도 없이 텅 빈 채로 떠 있는 시간 속에 나는 홀로 있었다.

나는 대부분 시간을 그저 걸어 다녔다. 커다란 헤드폰으로 들리지도 않는 귀를 막은 채로. 나는 엄마 몰래 인공 와우 장치 전원을 끈 채로 다니기 시작했다. 인공 와우가 꺼진 세계는 아늑하고 편안했다. 내가 잘 알고 있는 세계로 돌아왔다. 그 세계가 얼마나 고요하고 평화로운지 새삼스럽게 발견했다. 물속을 걷는 느낌이었다. 느리게 느리게. 보이지도 않고 촉각만 있는 세계에 사는 것 같았다. 심해어처럼. 그러다가 수화로 노래를 부르면 물속에서 엄마의 긴 머리카락을 잡고 부드럽게 유영하는 느낌이 들었다. 수화로 혼잣말을 하며 걸어 다니다가 특수학교가 끝나는 시간이 되면 인공 와우를 켜고 운동장에서 한민을 기다렸다. 항상 마르첼로가 먼저 달려 나왔다. 우리 셋은 그렇게 집까지 같이 걸어갔다.

그 시간만이 내게 유일한 위안이었다. 가끔은 나의 좁은 인간관계가 걱정이 되기도 했다. 나에게는 한민과 마르첼로가 유일한 친구이자 유일한 세계인데 한민이 나를 귀찮게 느끼면 어떡하나 걱정되었다. 한민처럼 훌륭한 애가 나와 친구 해 주는 게 불안하기도 했다. 혹시 그 애가 아직 나의 본질을 모르고 있기 때문에 그런 건 아닌지? 나의 본모습을 알고 실망해 버리면 어떡하나. 그런 생각을 하면 세상 끝에 버려진 기분이 들었다. 그때마다 세상 끝의 절벽에서 날 잡아 주는 건 마르첼로였다. 마르첼로가 나의 본모습을 알고 실망하는 일은 없을 것 같았다. 내가 어떤 사람인지 상관없이 나를 신뢰하고 사랑한다는 것을 마르첼로는 매 순간 확실하게 느끼게 했다. 그것이 마르첼로의 능력이다.

천천히 집으로 걸어가면서 나는 한민에게 물었다.

"너는 누군가한테 온전히 이해받았다고 생각한 적이 있니? 개 말고 사람한테."

그는 1초도 고민 안 하고 바로 답했다.

"응. 마크 로스코."

"마크 로스코?"

"화가 마크 로스코. 그의 작품이 너무 좋아. 처음 봤을 때 얼마나 많이 울었는지 몰라. 나를 온전히 이해하는 유일한 사람인 것 같아. 시립미술관에서 마크 로스코전을 했을 때 학교를 빼먹고 매일매일 가서 온종일 앉아 있다가 왔어. 나는 그의 그림들을 구석구석 이해할 수 있어. 나보다 더 잘 이해하는 사람은 없을 거야. 물론, 나는 색을 못 보니까 내 눈엔 다 흰색, 회색 아니면 검정이지. 하지만 그래서 더 잘 알아. 언젠가 마크 로스코 작품을 사서 내 방에다가 걸어 놓고 싶어. 방에 그 작품을 걸어 놓고 아주 희미한 빛 아래에서 바라보고 싶어."

"그를 만나고 싶니?"

"어디서? 천국에서? 내가 태어나기 20년 전에 죽었는걸."

이미 돌아가셨다니. 마크 로스코에게는 미안하지만 다행이라고 생각했다. 그렇다면 살아 있는 지구인 중에서 한민을 가장 잘 이해하는 건 나일 테니까.

"그럼 너를 가장 편하게 해 주는 건?"

"약."

"약?"

"우울증 약. 약이 사람보다 나은 것 같아."

그 애는 아무렇지도 않게 대답했다.

"우울증 약을 먹고 있어?"

"내가 얘기 안 했던가? 열네 살 때 자살 시도를 한 이후로 쭉 먹고 있어. 그 약들은 마르첼로 다음으로 가장 소중한 친구들이야."

"왜 죽으려고 했는지 물어도 돼?"

"죽고 싶은 이유는 언제나 넘치도록 많지. 그것보단 죽는 걸 왜 미루고 있는지 물어봐."

"그럼 왜 아직 안 죽고 있는데?"

"스물일곱 살에 죽으려고. 왜 하필 스물일곱 살이냐면 천재 뮤지션들은 원래 스물일곱 살에 죽거든. 스물일곱 살에 죽은 예술가들의 모임인 27클럽이 있는데 거기에 가입하는 게 인생의 목표라서 그때까지는 살아 있어야 해."

"뮤지션이라고 하기엔 아직 앨범을 낸 적도 없고, 다룰 수 있는 악기도 없잖아?"

"그건 그래. 중요한 지적이야. 그래서 곧 기타를 배우려고."

실없는 농담이라고 생각하고 피식 웃었는데 그날 저녁 한민은 우리 집에 전화해서 급한 일이 있으니 놀이터로 나오라는 메모를 엄마를 통해 남겼다. 우리는 둘 다 휴대폰이 있었지만 휴대폰으로는 연락하지 말자는 암묵적인 동의 같은 게 있었다. 나는 문자를 선호하고 한민은 음성 통화를 선호했기 때문이다. 집으로 전화를 걸 정도면 어지간히 급했나 보다. 나는 바로 놀이터로 뛰어나갔다.

한민은 나를 보자마자 기타를 사자고 했다.

"기타를 공동 구매 하지 않을래? 내 친구의 친구가 돈이 없어서 아끼던 기타를 팔려고 하는데 너무나 아끼던 거라 남한테 팔기 아깝다고 해서 내가 사려고 하거든. 우리 둘이 밴드를 만드는 거야. 기타 주인이 중고 장터에 내일 내놓는다니까 살 거면 지금 바로 결정해야 해."

나는 그 즉시 모아 둔 비상금을 가지고 나왔고 한민은 그 돈을 들고 기타를 사러 친구의 친구 집으로 달려갔다. 다음 날 늘 만나던 장소에 한민은 기타 케이스를 들고 의기양양하게 나타났다. 새하얀 일렉트릭 기타였다.

"멋지지? 흰색 바디에 흰색 픽 가드. 윌로우스 텔레캐스터야."

"근데 공동 구매라고 하지 않았어? 기타가 왜 한 대야?"

"한 대의 기타를 두 사람이 공동으로 구매하는 거니까. 공동 구매지. 이 기타는 우리 둘의 공동 소유야."

"그럼 연습은 어떻게 해?"

"교대로 하면 되지. 월화수와 목금토 중에 골라."

어쩐지 한민에게 속은 것도 같지만 결과적으로는 우리 둘 다 기타가 생겼다. 월화수는 내가 연습하고 목금토는 한민이 연습하기로 했다. 연습 삼아 기타를 쳐 봤는데 띵띵거리는 소리밖에 들리지 않았다. 내 인공 와우 장치의 문제인 줄 알았는데 일렉 기타라 앰프에 연결해야 제대로 소리가 난다고 했다. 우리는 앰프를 구입하기 위해 낙원상가로 갔다. 낙원상가는 종로 3가에 있는 악기 전문 상가로 내가 살아생전 갈 일은 없을 거라고 생각했던 곳이다. 로커처럼 생긴 사람들이 돌아다니고 있었고, 악기점 주인들도 음악가처럼 보였다. 악기를 연주해 보는 사람이 있었고 매장 스피커마다 각기 다른 음악이 흘러나왔다. 소리 자극이 너무 강해서 나는 정신이 나갈 것 같았다.

한민은 미리 추천받은 가게가 있었는지 헤매지 않고 바로 찾아갔다. 정확한 모델명과 가격이 적힌 종이를 내밀자 악기점 주인은 별말 없이 앰프를 바로 꺼내 왔다. 아주 작은 앰프였다. 이렇게 밴드 결성에 한발 더 가까이 다가가고 있었다. 기타가 생겼다는 사실에 너무 흥분해서 우리는 기타가 하나뿐이라 합주할 수 없다는 걸 잊고 있었다. 악기가 기타뿐이라는 것도. 어쨌든 우리 기타는 근사했다. 새로 산 앰프를 들고 우리는 4층으로 올라갔다. 낙원상가 4층에는 극장이 있었다. 우리는 극장 매표소 앞에서 잠시 망설였다. 같이 영화 보지 않을래? 그 말을 하기가 왜 그렇게 어려운지 모르겠다. 한민도 나도.

우리는 아무 말 없이 한참을 서 있다가 그대로 걸어 나와 4층 난간 앞에 나란히 섰다. 종로가 내려다보였다. 빌딩과 오래되고 낮은 건물들. 부서진 지붕들 위로 노을이 지고 있었다. 한민이 보는 노을은 내가 보는 것과 다를 테지만 마찬가지로 아름답겠지. 문득 함께 어딘가로 숨고 싶었다. 난간 옆에는 극장 옥상으로 올라가는 비상계단이 있었다. 계단 입구는 펜스로 막혔는데 자물쇠가 잠기지 않은 채로 걸려 있었다. 주변에 아무도 없는 틈을 타서 우리는 비상계단을 올라갔다.

"우리 꼭 도망 다니는 사람 같아. 쫓아오는 사람도 없는데. 사람들은 우리가 세상에 있는지도 모를 텐데."

내가 말하자 한민이 답했다.

"우리는 유령인지도 몰라. 우리도 모르는 사이에 이미 죽어 있는지도 몰라."

한민과 나는 극장 옥상 위에 나란히 누워서 하늘을 보았다. 마르첼로가 우리 가운데 엎드렸다. 해가 막 진 하늘에는 약간의 빛이 남아 있었다. 우리는 남은 빛을 끌어 모으는 기분으로 열렬히 하늘을 보았다. 나는 한민에게 물었다.

"네가 전에 말했던 그 섬이 어디였지? 너와 비슷한 사람들이 많이 산다는 섬."

"태평양에 있는 핀지랩과 폰페이섬?"

"어쩌다가 전색맹인 사람들이 거기로 모여들게 되었을까?"

"이백 년 전에 섬에 큰 태풍이 와서 다 죽고 이십 명 정도만 살아남았대. 그 사람들끼리 계속 가족을 늘려 와서 그래."

"우리 거기로 가서 살까? 거기 가면 너와 비슷한 사람이 많아서 덜 불편하지 않을까?"

"그 동네는 낮에 눈 뜨고 돌아다니는 게 불법이래. 선글라스 안 끼고 다니는 것도 불법이고, 개 없이 돌아다니는 것도 불법이야."

"그곳은 천국인가? 그게 진짜야?"

"물론 뻥이지."

한민은 마르첼로를 껴안으면서 덧붙였다.

"어디든 똑같아. 사람 사는 곳은."

우리 셋은 각자의 눈과 귀로 하늘을 감상했다. 완전히 어두워지고 난 다음에야 내려와 집으로 걸어 돌아갔다.

그다음 날부터 바로 기타 연습을 시작했다. 한민이 먼저 연습을 하고 나서 나한테 넘겨주었다. 매번 기타와 앰프를 들고 왔다 갔다 하는 게 생각보다 큰일이었다. 나는 기타 교본을 사서 처음부터 끝까지 정독했다. 교본에 같이 들어 있는 시디 영상도 반복해서 보았지만 모든 코드가 비슷하게 들려서 코드의 차이점을 알 수가 없었다. 앰프를 통해 나오는 일렉 기타 소리는 다른 소리에 비해 비교적 들을 만한 소리였지만 그 이상으로 나아갈 수는 없었다. 인공 와우의 한계였다. 소리를 이해하는 내 뇌의 한계일 수도 있지만. 나는 기타 연습에 점점 흥미가 떨어졌다. 반면에 한민은 정말 손에서 피가 나도록 열심히 연습했다. 타고난 재능도 있었다. 실력이 일취월장했다. 나는 기타를 가져왔다가 케이스에서 꺼내지도 않고 돌려줄 때가 많았고, 아예 가져오지 않을 때도 많았다.

그때까지도 나는 인공 와우를 통해 들리는 소리가 괴상하고, 리듬은 들을 수 있지만 음정은 구분할 수 없다는 얘기를 한민에게 하지 못했다. 기타 연습이 어느 정도 궤도에 오르자 그는 작곡을 시작했다. 어릴 적에 피아노를 배웠기 때문에 작곡하는 게 어렵지 않다고 했다. 한민은 참고할 뮤지션들의 이름과 곡도 잔뜩 적어 주었다. 다 유튜브에서 검색하면 들을 수 있었다. 주로 1990년대와 2000년대 초반에 인기 있었던 얼터너티브 록 밴드들이었다. 어릴 적에 누나와 형 방에서 많이 들어서 가장 친숙하고 자신과 영혼이 통하는 음악이라고 했다. 음악은 잘 모르지만 유튜브에서 찾아본 뮤직비디오들은 재밌었다. 공연 영상도 흥미로웠다.

이제 한민의 수업이 끝나면 그 즉시 집에 가는 게 아니라 내가 한민의 학교로 가서 운동장 구석의 나무 그늘에 앉아서 음악 얘기를 했다. 한민은 소형 녹음기를 들고 와서 집에서 녹음한 음악을 들려주며 코드를 어떻게 구성하는 게 좋을지 의견을 구했다. 내 귀엔 다 똑같이 들려서 그때마다 작곡은 전적으로 한민의 의견에 따르겠다고 말했다. 한민은 공동 작곡을 원했지만 불가능한 일이었다. 마침내 나는 한민에게 얘기했다.

"우리 그냥 2인조 아이돌 그룹을 하면 안 될까? 연주는 네가 전담하고 내가 춤을 출게."

그는 선글라스를 빼고 눈을 동그랗게 뜨고 대답했다.

"하지만 우리는 얼터너티브 록 밴드잖아."

"그 두 개가 다른 건가?"

"다르지."

"그렇구나. 그럼 나는 가사를 담당할게."

솔직히 왜 얼터너티브 록에 맞춰 춤을 추면 안 되는지 이해가 안 되었지만 한민의 표정이 너무도 확고해서 나는 더 주장을 못 하고 가사 쓰기에 매진했다. 한민이 곡을 고치는 동안 나는 벤치에 엎드려서 연습장에 쓴 가사를 고치고 또 고쳤다. 마르첼로도 음악을 듣는지 가끔 음악에 맞춰서 꼬리로 바닥을 툭툭 쳤다. 한민이 앰프에 연결하지 않은 일렉 기타를 연주하며 말했다.

"옛날에 어떤 철학자는 별마다 내는 소리가 다르다고 생각했대. 그 소리를 들을 수 있는 사람이 있다면 밤하늘이 악보로 보였겠지. 소리는 결국 주파수고 별들은 주파수를 가지고 있으니까 허무맹랑한 생각은 아닌 것 같아."

"그럼 바흐나 모차르트 뭐 그런 음악가들은 그냥 밤하늘 보고 악보에 베낀 거 아닐까?"

"그런 것 같아. 솔직히 말이 안 되잖아. 인간이 어떻게 그런 음악을 작곡하냐."

"우리도 하자. 커닝."

"그런 의미에서 우리 밴드의 이름은 코스모스 사운드트랙으로 하자. 별의 노래를 찾는 거야."

"지구에도 노래가 있을까?"

"지구는 별이 아니라 별을 도는 행성이잖아."

"그렇지. 지구는 빛을 못 내지. 시시하게."

"하지만 매일 자전을 하니까 자전하는 소리가 있지 않을까? 이렇게 커다란 게 돌고 있는데 그 소리가 안 들린다는 게 이상하지 않아?"

"들리지 않는다고 없는 건 아니지. 지구 돌아가는 소리가 크게 울리고 있는데 우리가 너무 익숙해져서 못 듣는 건지도 몰라. 우리의 진짜 소리를 들으려면 우리가 내는 소리에서 지구가 내는 소리를 빼야 할 거야."

"지구에서 튜닝한 기타를 다른 별로 가져가면 다시 튜닝해야겠네."

"엄청 귀찮겠다."

"응, 엄청 귀찮을 거야. 우린 지구 말고 다른 행성에서 요청하는 공연은 거절하자."

코스모스 사운드트랙. 코스모스 사운드트랙. 이 이름을 나는 열 번쯤 입 속으로 되뇌었다. 입 모양을 바쁘게 움직이는 게 마음에 들었다. 코스모스 사운드트랙. 집으로 돌아가는 길에 대화는 없었지만, 공간이 가득 차 있는 느낌이 들었다. 별들이 자신만의 소리를 내고 있다는 한민의 주장이 사실이라면, 지구도 지구만의 소리를 내고 있고, 사람도 고유의 음을 내고 있을 것이다. 나는 그걸 믿는다. 그리고 배려심이 많은 사람은 상대방이 내는 소리를 감싸듯 나머지 공간을 침묵의 소리로 채우고 있을 것이다. 거기에 너무나 익숙해져서 우리가 감지할 수 없다고 해도 분명히 우리 몸은 듣고 있고, 그런 소리를 내고 있다. 그렇지 않다면 한민과 같이 있을 때 말없이도 대화하는 것 같은 황홀하고 다정한 순간들에 관해서 설명할 방법이 없다.

한민을 실망하게 하고 싶지 않아서 나는 가사 쓰기에 매진했다. 책상 앞에 그렇게 오래 앉아 있던 것은 처음이었다. 마침내 가사가 완성되었을 때 한민도 곡을 완성했다. 우리는 각자 완성한 것을 들고 만나기로 했다. 한민은 기타 연주를 할 수 있도록 홍대 근처의 연습실을 한 시간 동안 빌렸다. 우리는 기타를 들고 작은 상자 같은 연습실로 들어갔다. 안에는 앰프와 마이크가 갖춰져 있었다. 연습실 이용이 처음이라 라인을 연결하고 세팅하는 데에 긴 시간이 걸렸다. 마침내 튜닝도 하고 연주 준비를 마쳤다.

"코드는 거의 확정되었지만 그래도 마지막으로 어느 버전이 더 나은지 들어 볼래?"

한민은 그렇게 말한 뒤에 짧은 소절을 두 번 연주했다. 내게는 둘 다 똑같이 들렸지만 두 번째 버전이 더 좋다고 대답했다.

"이것도 비교해 봐."

한민은 다시 연주했고 나는 이번에는 첫 번째 버전이 더 좋다고 대답했다. 그는 생각에 잠겨서 한참 동안 가만히 있었다. 그러곤 차분하게 말했다.

"나한테 그동안 왜 얘길 안 했니, 네 인공 와우 장치로는 음정을 못 듣는다고."

나는 부끄러움으로 얼굴이 달아올랐다. 한민은 차분하게 말을 이어 나갔다.

"혹시 몰라서 내가 청각 장애반 선생님께 물어봤어. 적어도 나한테는 얘기해 줬어야지."

"너랑 같이 밴드 하고 싶었어. 이제는 내가 소리를 듣는다고 다들 나보다 더 기뻐하고 들떠 있는데 그 기분을 망치고 싶지 않았어."

"수지야. 아냐. 그런 게 아니야. 나는 네가 소리를 듣건 안 듣건 상관없어. 하지만 밴드는 아니지. 나는 그런 줄도 모르고 밴드 만들자고 설쳤잖아. 왜 내가 널 괴롭게 만들도록 내버려 두었어?"

"괴롭지 않았어. 음정을 못 들어도 음악은 음악이지. 나는 전혀 못 들을 때도 음악이 좋았어. 앰프 앞에 있으면 진동도 느낄 수 있고, 네가 연주하는 모습, 노래 부르는 모습이 좋아. 그때 내 머릿속에는 나만의 음악이 나와. 나는 정말 나만의 음악을 듣고 있어. 다들 결국에는 머릿속으로 자신만의 음악을 듣는 거 잖아?"

한민의 선글라스 아래로 눈물이 뚝뚝 떨어졌다. 나는 절박한 심정으로 말했다.

"너는 이걸 먼저 이해해야 돼. 우리가 같이 밴드를 하려면. 음정 못 듣는 거 너한테 미리 말 안 해서 정말 미안해. 근데 이게 말을 시작하면 얘기할 게 정말 많거든. 사람들과 대화할 때 내가 말을 알아듣는다고 해서 백 퍼센트 알아듣는 게 아니야. 대략 추측해서 이해하거든. 이해가 안 갈 때 매번 다시 말해 달라고 하기가 어려워서 추측해서 듣는 게 습관이 되었어. 거짓말하려고 그런 게 아니라 늘 그렇게 살아왔기 때문에 그렇게 할 수밖에 없는 거야."

한민은 한참 동안 아무 말도 하지 않았다. 그러고는 선글라스를 벗어 눈물을 닦고 담담하게 말했다.

"그렇구나. 알겠어. 그럼 어떤 버전으로 할지는 내가 정할게. 네가 쓴 가사로 노래를 불러서 다음번에 녹음해 올게. 노래랑 연주랑 맞춰 보자."

기타로 두 번 연주하고 나자 연습실 예약한 시간이 다 되었다. 창밖에서 대기 중인 그다음 팀을 보면서 한민이 기타를 케이스에 넣었다. 나는 적어 온 가사를 한민에게 건넸다. 제목은 '미스 블랙홀'이었다.

태양이 블랙홀이 되어 버리면
빛을 잃어버린 지구는
스스로 빛을 내기 시작하겠죠
블랙홀 안은 엄청 밝겠죠
모든 빛이 거기로 떨어진다면
블랙홀 곁은 엄청 밝겠죠
빛으로 된 그림자를 갖고 있겠죠
블랙홀을 공전하는 별도 있대요
어둠에 사로잡혀서
블랙홀이 태어나던 날의 소리는
아직도 우주를 여행하죠
먼 곳을 돌아와 우리에게 도착하는 날
블랙홀이 태어나는 소리를 들을 거예요
그 소리는 아직도 우주를 여행하죠
우주가 태어나는 소리를 들을 거예요
눈을 감고 귀를 닫아야만 들을 수 있어요
눈을 감고 귀를 닫아요
그래야 들을 수 있어요

집에 돌아가는 길에 비가 내리기 시작했다. 한민은 비 오는 날을 좋아했다. 빛이 적어 잘 보이기 때문에 좋다고 했다. 마르첼로는 비에 털이 젖는 건 싫어하지만 비 오는 풍경은 좋아하는 것 같았다. 우리는 비를 맞으며 계속 걸었다. 빗방울이 스치듯 우리의 손이 앞뒤로 스치고 있었다. 한민이 멈춰 서서 갑자기 내 앞에 섰다.

"잠깐만 눈 감아 볼래?"

내가 눈을 감자, 그가 내 한쪽 손을 슬며시 잡았다. 나는 손을 빼면서 말했다.

"나는 다른 사람 몸이 내 몸에 닿으면 소름이 끼쳐. 어릴 때부터 그랬어. 가족들은 날 한 번도 안아 주지 못했어."

"그럼 너 애인이랑 뽀뽀는 어떻게 했어?"

"그건 뭐. 대충 했어."

"내가 모르는 네 애인이 어딨냐? 유튜브 속에?"

"있어."

갑자기 한민이 내 손을 잡았고 나는 비명을 질렀다.

한민은 한숨을 쉰 것 같았다. 하품을 한 것 같기도 하고. 한민은 다시 차분하게 말했다.

"너네 엄마 손은 괜찮겠지. 그럼 눈을 감고 엄마 손이라고 생각하고 내 손을 잡아 봐."

나는 눈을 감고 엄마 손이라고 생각하며 한민의 손을 잡았다. 낯선 감촉이었지만 나쁘지 않았다.

"그럼 이제 그 상태로 걷는 거야. 나하고 마르첼로가 손잡아 줄 테니까 위험하지 않을 거야."

나는 한민의 한쪽 손을 잡고 눈을 감은 채로 걸었다. 마르첼로의 몸이 슬쩍슬쩍 내 몸에 부딪치며 우리는 나란히 걸었다. 눈을 감으니 비 오는 날 거리의 비릿한 냄새가 한층 강하게 느껴졌다. 한민의 냄새와 마르첼로의 냄새도 강하게 느껴졌다. 냄새로 움직임을 알 수 있었다. 사람들 발걸음 소리 하나하나가 빗방울 소리에 달라붙었다. 차의 바퀴 소리는 빗소리 옆으로 길게 매달렸다. 모든 소리에 비가 묻어 있었다. 내 몸이 거리에 녹아 사라지는 느낌이었다. 소리와 냄새만이 남았다. 소리가 잘게 부서지면서 빗방울처럼 떠올랐다. 비는 세계 전체를 쓰다듬으며 끌어안았다. 눈을 감고 있는데도 모든 걸 보고 있는 느낌이 들었다. 비가 세계를 가득 채우니까 그 세계가 손에 잡힐 듯이 보였다. 한민이 보는 세계는 이것과 비슷하겠구나 싶었다.

"다 왔어."

한민이 내 손을 놓았다. 눈을 뜨자 우리 집 앞이었다. 한민은 웃으며 잘 들어가라며 손을 흔들었다. 나는 한민과 헤어지기 싫었다.

"우리 집에 들어왔다가 갈래? 내 방 구경시켜 줄게. 할머니가 반가워할 거야. 목욕하고 몸 좀 녹이고 가. 내가 컵라면도 끓여 줄게."

"아니야. 늦었어. 마르첼로 털이랑 발이 엉망이야. 빨리 가서 목욕시켜 줘야지. 마르첼로가 좋아하는 향의 개 샴푸가 있는데 너희 집에는 그거 없잖아. 그냥 집에 갈게."

한민과 마르첼로는 손과 꼬리를 흔들며 멀어졌다. 둘은 멀어지다가 다시 달려왔다. 한민은 가방에서 시디를 하나 내밀었다.

"네가 좋아할 만한 곡을 찾아서 시디로 구웠어. 디제이 박의 컴필레이션 1번이야. 가서 들어 봐. 인도에 타블라라는 전통 악기가 있거든. 음정이 있는 북이야. 자키르 후세인이라는 사람의 연주인데 리드미컬한 북소리야. 단순한 소리니까 이건 인공와우를 통해 들어도 좋게 들릴 거야. 네 말대로 불완전한 소리의 세계일지 몰라도 즐길 수 있는 음악은 많아. 세상엔 무한히 많은 아름다움이 있기 때문에 그걸 모두 느낄 수는 없어도 적어도 하나는 느낄 수 있을 거야. 그걸 하나씩 하나씩 찾아 나가면 되지."

그 말은 사실이었다. 집에 와서 시디플레이어에 시디를 넣고 틀었을 때 내가 예전에 마법이라고 불렀던 일이 일어났다. 그 음악이 그대로 표정이 되어 내 얼굴 위로 떠올랐다. 리듬이 내 속을 가득 채웠다. 나는 꼼짝도 안 한 채로 앉아서 그 음악을 듣고 있었지만, 몸속의 모든 장기와 혈관이 리듬을 타고 있는 것 같았다. 나만의 음악 세계가 시작되었다. 빗방울처럼, 소나기처럼, 폭포처럼.

다음 날 한민은 미스 블랙홀을 완성해 왔다. 컴퓨터 프로그램으로 베이스, 키보드, 드럼 연주도 넣고, 노래와 기타 연주를 믹싱해서 녹음해 왔다. MP3에 담아 와서 운동장 구석에서 스피커로 켜 놓고 함께 들었다. 우주처럼 빈 공간이 많아서 내 인공 와우로 듣기에도 근사한 곡이었다. 음악을 듣는 동안에는 심장이 터질 것 같았는데 곡이 끝나고 나니 이상하게 허무했다. 세상이 갑자기 텅 빈 것 같은 느낌, 그것은 어디서 찾아왔을까. 우리는 지금 막 세상에 아름다운 곡 하나를 보탰는데. 한민도 나와 비슷한 기분인 것 같았다. 나는 일부러 명랑하게 말했다.

"우리의 첫 곡을 완성했네. 이제 무얼 하지? 음반사에 보내면 될까?"

"글쎄. 길거리에서 버스킹 공연부터 할까? 차에 기타를 싣고 전국을 돌아다니면서 공연하는 거야. 그러다가 유명 프로듀서 귀에 들어가고 그가 찾아와서 이렇게 말하는 거지, 거절할 수 없는 제안을 하나 하지."

우리는 함께 웃었다. 그러고 나서 갑자기 침울해졌다. 한민이 말했다.

"우리는 이제 예술가인데 왜 이렇게 우울하지?"

"예술가라서?"

"만들 땐 즐거웠는데 해 놓고 보니 별거 아닌 것 같아."

그건 사실이었다. 우리가 만든 곡은 정말 근사했지만, 또 별거 아니기도 했다. 곡을 완성하고 나면 삶이 달라질 줄 알았는데 어제와 하나도 다름이 없었다.

"사실 이건 나의 첫 작품이 아니야. 나는 어릴 적에 만든 노래가 몇 개 더 있어."

나는 그동안 아무에게도 하지 않았던 이야기를 했다.

"들려줘 봐."

한민이 말했다.

"지도와 같은 노래야. 어릴 적에 살던 그 집이 있어야 해. 이 노래를 부르려면."

"눈 감고 그 집에 있다고 생각하고 불러 봐."

한민의 말을 듣고 보니 가능할 것 같았다. 나는 걸어 나와 넓은 운동장 한가운데에 섰다. 눈을 감고 예전 집 안방의 창가에 기대어 서 있다고 생각했다. 그리고 첫발을 내디뎠다. 안방을 벗어나는 발걸음은 네 개. 그다음 삐걱대는 마루를 밟고. 일단 시작하자 몸이 기억하고 있던 그 감촉이 그대로 되살아났다. 상하수도관 철제 뚜껑을 밟을 때 전해지던 강한 진동까지. 나는 이 2층짜리 3D 노래를 운동장 바닥에 2D로 넓게 펼쳐서 불렀다. 노래가 납작해졌지만 들을 만했다. 나는 서른여섯 걸음짜리 노래를 마치고 한민을 돌아봤다.

"다 받아 적었어?"

"뭐? 악보에 기보하란 말은 안 했잖아."

"이 노래의 제목은 안방 창문에서 옥상까지의 노래야."

"그 노래를 들으니 안방에서 옥상까지 도면을 그릴 수 있을 것 같아."

"정말?"

"물론 뻥이지."

갑자기 다리에 힘이 풀렸다. 나는 바닥에 주저앉았다. 역시 다른 사람이 이것을 이해하기는 힘든가 보다. 어릴 적부터 아주 아끼던 보물을 보여 주려고 꺼냈는데, 꺼내자마자 부서진 것 같았다. 마르첼로가 내 곁으로 먼저 뛰어오고 뒤따라온 한민이 말했다.

“미리부터 실망하지는 마. 잘 감상했는데, 그 감상이 너무 커서 도착하려면 시간이 좀 필요해. 잠시만 기다려 봐.”

한민은 내 맞은편에 앉았다. 그리고 고개를 숙인 채 한참 동안 말이 없었다. 그리고 마침내 말을 시작했다.

“그건 네가 어릴 때 만든 노래잖아. 네 다리는 훨씬 길어졌으니까 지금 너는 그 노래를 확대해서 엄청 크게 부른 거야.”

“어쩐지 존나 힘들더라.”

나는 애써 밝게 대답하는데 한민의 얼굴이 점점 어두워지는 것 같았다. 한민이 말했다.

“솔직히 말해서 조금 당황했어. 네가 작곡한 그 노래를 보니까, 일단 네가 그 공간을 정말 사랑한다는 건 알겠어. 그 노래는 네가 그 공간을 사랑하는 방식인 거잖아. 근데 너한테는 노래인 게 나한테는 생활이고 생존의 방식이거든. 그 차이를 받아들이는 데 약간의 시간이 필요했어.”

나는 아차 싶었다. 미안하다고 사과를 해야 하나 갑자기 마음이 아득해지는 것 같았다. 한민이 그런 내 마음을 아는 듯, 바닥으로 떨어지고 있는 내 마음을 붙들듯이 내 두 손을 잡고 말했다.

"나는 네 사랑의 방식이 마음에 들어. 그 집이 사라졌지만 너는 언제든 그 공간을 불러낼 수 있잖아. 생각해 보니 나도 그래. 나도 그런 노래를 많이 가지고 있어. 사실 수백 곡이 있어. 네 노래가 시에 가깝다면 내 노래는 한 곡 한 곡이 두꺼운 책 한 권일 거야. 훨씬 길고 자세하니까. 그 하나하나가 노래고 보물이라는 거, 네가 지금 깨닫게 해 준 거야. 하지만 나한테는 그 노래를 부르라고 하지 마."

"응. 우리에겐 새 곡이 있잖아. 우린 이제 뮤지션이야. 스물일곱 살에 천재 뮤지션으로 죽는 목표의 첫 단계는 달성한 거야. 이제 다음 단계는 천재가 되는 건가?"

내가 말했다.

"일단 스물일곱 살까지는 살아야지. 그게 제일 어렵다고."

한민이 말했다.

"스물일곱 살이라니. 그때는 어떤 사람이 되어 있을까? 어른이 되기는 할까? 어른이 되면 자아 발견도 하고 그러는 건가? 나는 그러기 싫은데. 안 그래도 된다고 말해 주는 어른이 있었으면 좋겠어. 그냥 내가 누군지 모른 채로 살아도 되는 거잖아. 그런데 어른들은 맨날 대학 얘기만 하지. 거기 가면 다 자아를 찾아 나오는 것처럼. 가 봤자 젊음의 무덤밖에 없을 텐데."

"수지야, 나 대학 갈 거야."

"무덤 파러?"

"농담이 아니야. 나 다음 주부터는 학교 끝나고 바로 학원에 가야 해. 대학에 들어가야 할 것 같아. 경영학을 전공할 거야."

인공 와우 장치의 고장을 의심했지만 한민은 정말로 그렇게 말했다. 한민은 대학에 가겠다는 얘기를 한 번도 한 적이 없었다. 더구나 경영학은 그와 어울리지 않는다고 생각했다. 예술 대학이면 몰라도.

"네가 그걸 원해?"

"나는 평생 누군가의 도움이 필요한 사람이야. 그걸 인정할 수밖에 없어. 지금까지 그래 왔고 앞으로도 부모님의 도움을 받아야 할 거야. 부모님이 정해 주시는 길로 가고 싶어."

한민이 그렇게 힘없이 말하는 건 처음이었다. 그럴 때 어떤 말을 해 줘야 하는지 나는 잘 몰랐다. 한민이 말했다.

"다음 주 이후로는 한동안 못 볼지도 몰라."

문득 한민이 지쳐서 무너질까 봐 겁이 났다. 내가 이해 못 하는 어떤 세계로 넘어가 버릴까 봐. 사람이 사람을 완벽하게 이해할 수 있다고 생각하진 않지만, 지금까지의 경험으로는 이해하려고 하면 할수록, 알면 알수록 더더욱 엉망진창이 되는 것 같았다. 나는 마음을 어디에 놓아야 할지 잘 몰랐다. 세계가 한없이 멀어지면서 밀려났다. 추방된 느낌이 들었고 어릴 때처럼 다시 유령이 된 기분이었다. 나는 한민에게 겁이 난다는 얘길 하려다가 속으로 삼켰다.

집으로 돌아가면서 한민에게 집까지 바래다주겠다고 말했다. 나는 한민을 집에 바래다준 적이 없었다. 한민의 집이 어딘지도 몰랐다. 한민은 약간 난처한 표정을 짓더니 늘 가던 길의 반대 방향으로 걷기 시작했다. 예전에 살던 우리 집과 아주 가까웠다. 그 집을 보자마자 바로 알아볼 수 있었다. 그 집에 가 본 적이 있었다. 어렸을 때 가 보았던 피아노 학원이었다. 그때 불도 안 켠 어두운 방에서 피아노를 연주하던 소년을 본 적이 있었는데, 그때 그 소년이 한민이었을 것이다. 그래서 처음 만났을 때부터 그리운 듯한 느낌이 들었던 걸까? 그 집을 하염없이 올려다보는 나를 보며 한민이 말했다.

"익숙한 집이지? 미안해. 진작 말했어야 했는데. 네가 어릴 때 우리 집에 피아노 배우러 왔던 거 알고 있었어. 그때 우리 엄마가 너희 엄마한테 큰 실수를 했어. 내가 대신 사과할게."

"무슨 실수인데?"

"너희 엄마가 말 안 하셨구나. 네가 피아노 배우러 찾아왔을 때, 우리 엄마가 소리가 안 들리는 아이는 안 된다고 단박에 거절했다고 들었어. 피아노를 배우는 건 게임도 아니고 장난도 아니라고. 소리 잘 듣는 아이들도 피나게 연습해야 하는 게 피아노 연주라고. 피아노를 우습게 보지 말라고 오히려 화를 냈다고 해. 우리 엄마는 피아노에 대한 자부심이 강하니까. 분명히 너희 엄마는 원장 선생님이 시각 장애가 있는 아이를 키우니까 잘 이해해 줄 거라 믿으셨을 텐데. 상처를 많이 받으셨을 거라고 생각해."

"우리 엄마는 나한테 아무 말도 안 했어."

"어쨌든 미안해."

"지금이라도 말해 줘서 고마워."

인사를 하고 돌아오는 길이 씁쓸했다. 벽장 속에 넣고 잊어버린 어떤 감정들이 떠오르는 것도 같았다. 한민과의 인연이 한 가지 더 있었다는 사실은 기쁘지만, 엄마가 그런 기억을 혼자만 품고 있었던 건 속상했다. 어릴 때는 내가 행복해지려는 순간마다 엄마가 방해한다고 생각했다. 그때마다 엄마가 불행했던 건 아닐까? 언제나 나의 행복과 엄마의 불행이 동시에 오기로 예정되어 있었다면? 하지만 그건 엄마의 불행이 아니었다. 내가 불행할 거라고 착각한 데서 오는 불행이었지.

나는 집에 들어가자마자 엄마 방으로 향했다. 나는 노크를 하지 않는다. 들어오라고 대답을 해도 못 들으니까. 내가 들어가고 싶은 곳은 노크 없이 그냥 들어간다는 게 우리 집의 오래된 규칙이었다. 내가 엄마 방을 들어간 것은 몇 년 만인 것 같다. 원래는 엄마 방을 같이 썼지만 고모가 독립해서 나간 뒤로는 고모 방이 내 방이 되었다. 내가 엄마 방문을 열었을 때 엄마는 책을 펴 놓고 공부하고 있었다. 내가 들어가자 엄마는 재빨리 책을 덮어서 서랍 속에 넣었다. 나는 달려가서 서랍을 열어 책을 꺼냈다. 음향학이라고 적혀 있었다.

"엄마, 이게 뭐야? 왜 엄마가 음향을 공부해?"

"네 음악 치료에 도움이 될까 해서."

"나 더 이상 음악 치료 안 받는다고 했잖아."

"그래도 배워 놓으면 음악 치료사가 될 수 있을까 해서. 이제는 하숙을 안 하니까. 이거라도 해야 돈을 벌지."

"수화 못 배우게 해서 학교에서 내내 외톨이로 지내게 하고, 억지로 수술받게 해서 내 고요함을 망쳐 놓고는 이게 뭐야? 엄마는 왜 항상 박자가 안 맞고 왜 그렇게 엉망진창이야? 왜 항상 혼자 고생하고 혼자 불행해?"

엄마는 텅 빈 눈으로 나를 한번 쳐다보고는 다시 책을 펼쳤다. 내 말과 내 화를 모두 블랙홀처럼 흡수해 버리는 것 같았다. 벽이나 다름없었다. 아니, 벽보다 더 끔찍했다. 차라리 엄마가 화를 내고 나랑 싸웠으면 좋겠다고 생각했다. 나는 엄마 방을 나왔다. 정말 이럴 때마다 신이 내게 행복을 줘 놓고 그것을 망치기 위해 엄마를 같이 보낸 것 같다는 확신이 들었다. 이제 와서 음악 치료사가 되겠다니. 속상해서 옥상의 감정을 느끼고 싶은데 이 집에는 옥상이 없었다. 엄마가 옛집을 팔아 버린 것도 화가 났다. 감정들이 길을 잃은 것 같았다. 그 공간 없이는 감정을 정확히 표현할 수가 없었다.

어쩔 수 없이 나는 집을 나와 수화로 혼잣말을 하면서 돌아다니기 시작했다. 한참 동안 돌아다니고 나니 마음이 차분해졌다. 문득 엄마가 만든 수화에는 슬픔에 관한 항목이 없다는 것을 깨달았다. 그 수화로는 슬픔을 표현할 수가 없었다. 엄마는 그 단어를 만들지 않았다. 슬픔을 느끼지 말라고. 표현할 단어가 없다고 해서 그 감정이 느껴지지 않는 것은 아닌데. 그래서 슬플 때마다 나는 그것을 설명할 길이 없어서 막막했던 거고, 그때마다 옥상으로 달려갔던 것이다. '옥상의 마음'으로 슬픔을 느껴 왔는데 이제는 그것조차 할 수가 없다. 한민에게 엄마와 나만의 수화를 가르쳐 주고 그걸로 대화하면 어떨까 싶은 적도 있었다. 하지만 그 수화는 내가 태어난 집에 너무 단단히 붙어 있어서 그 집을 보지 않고서는 그 수화를 배울 수가 없었다. 그 집이 수화의 사전이고 지도였는데 할머니와 엄마가 내 귀와 바꿔 버렸다. 그 집과 함께 수화도 사라져 버렸다. 우리의 수화는 귀가 되었다. 그러니까 그것은 영원히 숨어 버렸다.

한동안 한민과 마르첼로가 없는 생활이 시작되었다. 우울하고 심심할 줄 알았는데 그렇지는 않았다. 할머니 덕분이다. 할머니의 세계에는 심심함이 없다. 우리 집의 거실 풍경은 거의 비슷했다. 늘 할머니 친구 서너 분이 놀러 와 계셨다. 매번 다른 친구들이었고 그들은 음악을 듣고 옛날 얘기를 하고 차를 마셨다. 우리 집 거실 풍경을 통째로 바꿔 놓은 사람은 장 씨 할아버지였다. 할머니의 옛 친구로 오랫동안 소식이 끊겼다가 최근에 연락이 닿았는데 그 십수 년 사이에 그는 중국에서 침술을 배워 왔다고 한다. 할머니를 비롯해 침을 맞은 몇몇 친구분들이 효과를 느꼈고 기적의 침술에 대한 소문은 삽시간에 퍼졌다. 중국의 깊은 산속에서 은둔하던 화타의 후손을 만나 삼고초려를 하여 침술을 배웠는데 몸의 모든 혈을 꿰고 있어서 혈색을 보고 맥만 짚어도 어느 혈이 막혔는지 알아낸다고 한다. 그 침술을 전해 받은 사람은 중국 내에도 손을 꼽을 정도라 소문이 나면 중국에서 침술인들이 단체로 비행기를 빌려 타고 와 침술을 배우기 위해 장 씨 할아버지 앞에 줄을 설 것이라 했다. 천성이 수줍고 겸손해서 드러내길 싫어하는 장 씨 할아버지는 모텔에 장기 투숙으로 짐을 놓고 우리 집을 잠시 빌려 이웃을 조용히 돕고자 했다.

우리 집은 곧 침으로 뒤덮인 사람들로 가득 차서 발 디딜 곳이 없게 되었다. 찜질방처럼 무질서하면서도 질서 있게 빈틈없이 사람들이 거실 바닥에 누워 있으면 장 씨 할아버지가 돌아다니면서 한 명씩 침을 놓고, 놓았던 침을 빼고 몸을 뒤집어 다시 침을 놓았다. 부항을 뜨기도 했고, 침을 찔러 검게 죽어 있는 피를 빼내기도 했다. 집에는 피 묻은 휴지에서 나는 피비린내와 쑥뜸 냄새가 진동했다. 환자들은 계속 불어났다. 왜냐하면 누구에게나 아픈 친구가 있기 때문이다. 그냥 친구라고 해도 찾아보면 어딘가 아픈 곳이 있기 마련이었고 그들은 친구와 친구의 친구들을 이끌고 허리디스크와 축농증과 고혈압과 고지혈증과 하지정맥류와 수족냉증을 치료하기 위해 우리 집에 찾아왔다. 할머니 방을 제외한 모든 방과 거실이 치료실이 되었다. 부엌은 대기실이었다. 대기인이 많아서 내가 연습장에 대기 번호를 적어서 환자들을 관리해야 했다. 곧 부항 뜨는 법도 배워야 할 판이었다.

우리 가족들은 장 씨 할아버지의 침술에 대해 의심을 품지 않았다. 그가 엉터리든 아니든 침을 맞고 난 사람들은 몸이 좋아졌다고 믿었기 때문이다. 아무도 완치를 기대하지는 않았다. 조금이라도 더 건강해졌다는 느낌을 받고 돌아가는 게 중요했다. 장 씨 할아버지는 가난한 백성을 도우라는 화타 후손의 가르침에 따라 치료비를 받지 않았다. 그 대신 침을 맞고 난 사람들은 가기 전에 인사를 한다며 할머니 방에 들러서 할머니의 주머니에 흰 봉투를 찔러 넣고 갔다. 저녁에 마지막 환자가 가고 나면 할머니는 그 봉투를 장 씨 할아버지에게 그대로 전달했다. 장 씨 할아버지는 봉투의 돈을 모두 꺼내 센 다음 일정 부분을 떼어 장소 임대료로 할머니에게 주었고, 그러면 할머니는 다시 그 돈의 일부분을 떼서 내게 용돈을 주었다. 내 전 생애를 통틀어 가장 많은 용돈을 모은 시기였다.

사람들이 빠지고 난 다음 집을 환기하고 청소하는 것은 엄마 몫이었다. 그 시간을 내가 즐겼는지는 잘 모르겠다. 낯선 사람들이 엉덩이를 깐 채로 우리 집 바닥을 온통 뒤덮고 있는 비현실적인 풍경을 계속 마주하면 사람의 뇌가 정상적으로 돌아가지 않기 때문이다. 사람들이 만족하며 돌아간 걸 보면 좋은 기억이었던 것 같다. 사람들은 장 씨 할아버지를 화타의 환생인 것처럼 존경하며 대했다.

그 와중에도 할머니의 친구분들은 계속 방문했다. 그들은 이제 거실이 아닌 할머니의 방에서 만났다. 가끔 건설 회사 관계자들도 집에 방문했다. 환자들은 조용했지만 그들은 아주 시끄러웠다. 그들은 목소리 톤도 달랐다. 나는 사람이 말로 전하고자 하는 바는 말의 내용보다 목소리의 형식에 더 담겨 있다는 것을 알게 되었다. 진실은 목소리 톤과 억양에 다 들어 있다. 한 사람은 간절함이 담긴 목소리로 부탁하고 또 부탁했지만, 다른 한 사람은 거만하게 강요했다.

듣기로는 우리가 예전 살던 집터에 큰 주상 복합 빌딩이 들어설 예정이라고 한다. 할머니는 그 집을 팔 때 다 팔지 않고 마당의 땅을 오십 평 정도 남겨 놓고 팔았다. 주변 집들은 다 매입되었는데 한가운데에 속한 부지를 할머니가 가진 채 팔려고 하지 않아서 설득하러 온 사람들이었다. 그 땅 없이는 빌딩이 들어설 수가 없다고 했다. 주변 땅이 이미 다 팔렸기 때문에 할머니 땅 자체로는 아무것도 할 수 없었고, 남은 땅까지 팔려서 한꺼번에 개발되는 것이 당연했지만 할머니는 땅을 내놓지 않았다. 할아버지와의 첫 집이 있던 자리라 팔 수가 없다고 했다. 업자들은 땅값을 두 배로 주겠다고 꼬드겼지만, 소용이 없었다. 네 배, 여덟 배, 열 배. 땅값이 점점 올라갔지만 할머니는 고집스레 거절했다.

그들은 험악한 아저씨들을 데리고 오기도 했다. 하지만 거실 가득 침을 꽂은 채 드러누운 엉덩이들을 보고는 현관에서 신발도 못 벗고 그냥 돌아갔다. 그렇게 한 달간 찾아온 끝에 건설사 관계자들은 포기하고 더는 오지 않았다. 주상 복합 빌딩은 그 오십 평 남짓한 땅을 비워 놓고 빙 둘러싼 미음 자형으로 설계가 변경되었고 공사에 들어갔다고 한다.

몇 달 만에 드디어 한민에게 연락이 왔다. 늘 만나던 학교 운동장에서 만났다. 그는 많이 변한 것 같았다. 얼굴빛이 어두워진 것 같고 더 어른스러워진 것 같기도 했다. 수시 모집에 붙었다고 했다. 나는 기뻤고 진심으로 축하했다. 왜냐하면 이제부터 다시 볼 수 있을 테니까. 하지만 한민은 그다지 기쁘지 않은 것 같았다.

"면접이 정말 거지 같았어. 장애인 수시 전형이었거든. 내가 다른 사람과 똑같다는 말이 제일 싫어. 그렇게 말할 때마다 똑같지 않다는 걸 강조할 뿐. 그런 말이 필요 없는 세계를 만들어 주지 않을 바에는 아무 말도 안 했으면 좋겠어."

나는 가만히 듣기만 했다. 한민이 그렇게 열받은 모습은 처음 봤다. 그냥 들어 주어야만 하는 시간 같았다.

"면접관이 뭐라는지 알아? 베토벤은 귀머거리지만 훌륭한 곡들을 많이 남겼다는 거야. 그래서 내가 베토벤은 청력을 잃기 전에 이미 훌륭한 작품을 많이 남겼고, 청력을 잃지 않았다면 훌륭한 곡들을 더 많이 남겼을 거라고 대답했어. 왜 내게 극복을 강요해? 대판 싸우고 싶었는데 참았지. 당연히 떨어질 줄 알았는데 붙었어. 그게 가장 짜증나. 경영학 좆도 관심 없는데."

"배부른 소리 마. 어쨌든 축하받을 일이잖아. 그러면 경영학 말고 네가 관심이 있는 게 뭔데?"

내가 묻자 한민은 이렇게 답했다.

"마르첼로와의 산책."

그건 진심이었다. 산책학과가 있었다면 한민은 전국 수석 입학 했을 텐데. 한민은 내게 되물었다.

"그러는 너는? 네가 관심이 있는 건 뭔데? 우리 밴드 말고."

나는 되고 싶은 것이 없는 상태로 평생을 살아왔다. 그런데 그 질문을 받자 느닷없이 답이 떠올랐다.

"나는 시인이 되고 싶어."

갑자기 떠오른 생각이었지만 오랫동안 생각해 온 것 같기도 했다.

"그런데 시인이 되려면 어떻게 해야 하는지 들어 본 적이 없어. 시인으로 회원 가입을 해야 하는 걸까?"

"그건 걱정 마. 내가 시인 임명장을 만들어 줄게."

"임명장이 있으면 시인이 되는 거야?"

내가 의심스러운 말투로 묻자 한민은 자신 있게 대답했다.

"지구인 한 명의 동의를 얻으면 그날부로 시인이 되는 거야. 틀림없이 마르첼로도 너를 시인으로 인정할 거야. 그럼 너는 벌써 지구 생명체 둘한테 인정을 받은 거야. 그걸로 충분해."

한민의 말을 듣고 보니 어디선가 그러면 된다고 들은 적이 있는 것도 같았다. 내가 종이하고 연필을 꺼내자 한민은 임명장을 써 주었다.

임명장

정수지는 2008년 10월 8일 지구 생명체 대표 박한민과 박마르첼로의 신임을 얻어 시인으로 임명되었음을 선포한다. 지구 시인으로서 시를 써서 지구의 아름다움과 아름답지 못한 것도 같이 담아 세상이 불안정함을 널리 알려도 좋고 혼자서만 알고 있어도 좋다. 시를 안 쓰고 시인인 척만 해도 좋다. 대신 시집을 내면 박한민과 박마르첼로에게 시를 낭독해 주어야 할 의무가 있다.

시인 임명장을 받아 들고 그때부터 나는 시인이 되었다. 이제 직업이 생겼다. 물론 시인은 직업보단 태도에 가깝겠지만. 시인 한 명과 한 명의 산책가 그리고 한 마리의 산책견. 우리 셋은 시인이 된 기념으로 도시를 함께 걸어 다녔다. 셋이 함께 걸을 때 나는 늘 충만한 기분을 느꼈다. 하지만 우리의 그런 마음 상태와는 별개로 함께 걷다 보면 우릴 동정하고 싶은 사람들을 많이 만났다. 우리는 우리 자신을 불쌍하게 생각한 적이 없었다. 하지만 도움을 요청한 적도 없는데 쓸데없이 도움을 주고, 고마워하지 않는다고 욕을 퍼붓는 사람들은 어디에나 있었다. 그래도 절망하지 말고 죽지 말고 살아 있으라고, 더 힘든 사람도 있으니 힘내라고 기어이 말하고 가는 사람들도 있었다. 다른 사람의 불행을 봐야지만 스스로 만족과 행복을 느끼는 사람들. 우린 그런 사람들이야말로 진짜 불행한 사람들이라고 생각했다. 우린 그런 사람들을 신경 쓰지 않고 지금 이 순간 우리의 행복에만 집중하는 법을 터득했다. 그게 다 마르첼로한테 배운 것이다. 그런 건 마르첼로가 전문이다. 사랑을 온전히 받고 있다는 게 어떤 것인지 잘 알고 있다는 표정. 더 이상 바랄 것 없이 행복하다는 마르첼로의 표정이 나를 언제나 행복하게 했다.

장 씨 할아버지의 야매 침 치료는 나날이 번창했다. 야간 진료를 해도 부족해서, 옆집을 한 채 더 빌릴까 말까 고민하던 차에 누군가의 제보로 경찰에 발각되었다. 많은 벌금을 물면서 치료는 중단되었고 그 뒤로는 아무도 우리 집을 찾아오지 않았다. 할머니는 평소와 다르게 힘이 없고 우울해했다. 찾아온 친구들도 그냥 돌려보내는 일이 많아졌다. 할머니는 건설 회사 사람들이 앙심을 품고 경찰에 제보했다고 단언했다. 그놈들에게 복수할 방법을 찾아야 한다며 여기저기 전화를 걸어 소리쳤다. 건설 중에 법을 어기는지 염탐해 보라며 나를 건설 현장에 보내기도 했다. 하지만 현장은 펜스에 가려져 있고, 입구 옆에는 '안전사고 발생 0건'이라고 적혀 있었다. 지나다니는 사람들은 모두 안전모를 잘 쓰고 있었다. 그들보다는 할머니와 내가 어긴 법을 찾아보는 게 백배는 쉬워 보였다.

마침내 할머니는 배워야 힘이 생긴다며 공인중개사 학원에 다니기 시작했다. 그놈들한테 안 빼앗기려면 내가 배워야 한다고, 죽을 때까지 배워야 한다는 말을 계속 반복하면서. 할머니는 정말 죽을 때까지 배웠다. 할머니가 학원에 다니기 시작한지 한 달째, 공인중개사 자격증 시험을 보기도 전에 갑자기 쓰러져 병원에 입원했다. 검사 결과 췌장암이 오랫동안 진행되었고 뇌혈관이 막혀서 한쪽 몸에 마비가 왔다고 했다. 장 씨 할아버지한테 침을 맞는 동안 할머니는 단 한 번도 병원 검진을 받지 않았다. 할머니는 감히 암 따위가 자신의 몸에 들어서지 못할 거라고 무작정 믿었다.

할머니가 병원에 입원하자 다시 또 할아버지들이 방문하기 시작했다. 그들은 방문 일정 시간표를 짜서 돌아가며 문병을 왔다. 할머니가 입원해 있던 6인실은 항상 손님들로 북적거렸다. 할머니는 몸 왼쪽 부분이 마비되어서 제대로 움직이지 못하는 상태인데도 평상시처럼 잘 가꾸었다. 엄마는 헤어롤을 가져와 할머니 머리에 롤을 말고 아침마다 화장을 시켜 드렸다. 그 병원 전체에서 눈에 마스카라를 바르고 립스틱을 칠한 환자는 우리 할머니밖에 없었다. 환자복을 입었지만 귀걸이를 하고 목에 화려한 머플러를 둘렀다. 할머니는 병원 음식도 거부했다. 엄마는 집에서 요리한 음식을 날마다 병원으로 날랐다. 같은 병실에 입원한 환자들을 불편하게 하지 말라는 간호사의 부탁을 몇 번 받았지만, 할머니는 거리낌이 없었다. 급기야 병실 티브이의 드라마 채널을 두고 같은 병실 입원 환자들과 다투기까지 했다. 결국 모두 조금씩 양보하여 요일별로 돌아가면서

원하는 채널을 보기로 합의했지만, 할머니는 양보라는 단어를 모르는 사람이었다. 드라마를 재방송으로 봐야 한다는 것을 할머니는 용납하지 못했다. 할머니에게 그건 자존심의 문제였다. 드라마 채널을 다른 환자에게 양보한 날 밤 할머니는 퇴원을 요구했다.

"도저히 이곳에 못 있겠다. 집에 데려가 줘. 아니면 지금 여기서 죽을래."

할머니는 완고하게 말했다. 그런 할머니의 모습을 보고 다른 환자들이 티브이 채널을 영원히 양보하겠다며 리모컨을 가져다주었다. 그러자 할머니는 그깟 드라마 때문이 아니라며 펄쩍 뛰었다. 할머니는 품위 있게 죽을 권리를 주장했고, 병원이 병을 만든다며 병원 치료를 거부했다. 밤늦게 담당 의사가 달려왔다. 할머니는 의사에게 말했다.

"의사 선생님, 의사 선생님이 병원 돈 받고 사는 거 알고 있지만 우리 솔직해집시다. 내 죽음은 내 것이잖아요? 내 고통도 내 것이잖아요? 그러니까 나한테 선택할 권리가 있죠? 나는 병을 치료하고 싶지 않습니다. 어차피 완치되는 게 아니라는 거 의사 선생님도 알고 나도 알고 그러니까 시간 낭비하지 맙시다. 이제부터는 병이 나을 만한 행동은 아무것도 하고 싶지 않으니까. 집에서 죽게 해 줘요."

이번에도 할머니의 고집을 꺾을 사람은 없었다. 응급 시에 제대로 된 치료를 받지 못해 죽음에 이르게 되더라도 병원에는 아무런 책임이 없다는 각서를 쓰고 나서야 할머니는 퇴원할 수 있었다. 집에 와서도 할머니는 몸이 아프다는 내색을 절대 하지 않았다. 할머니가 자존심을 걸고 싸우는 대상은 드라마 채널이 아니라 죽음 그 자체였다. 우리는 할머니가 평상시에 하던 그대로 있으실 수 있도록 할머니를 치장해 드렸다.

할머니는 예전과 달라진 게 없었다. 다만 그전에는 하지 않던 할아버지 얘기를 많이 했다. 자식들한테 연락해 보라고 말하기도 했다. 고모와는 연락이 닿았지만, 아빠하고는 연락되지 않았다. 쌍둥이 형제의 연락처를 아는 사람은 아무도 없었다. 이렇게까지 연락이 안 되는 걸 보면 내 짐작대로 화성 탐사 중이거나 카리브해의 잠수함에서 코카인을 제조 중인 게 틀림없었다. 고모는 집에 오자마자 한 시간 만에 할머니와 다투고 되돌아갔다. 고모는 주위 사람들의 희생으로 굴러가는 삶이라며 할머니에게 대들었다. 할머니가 대답했다.

"나는 사랑을 주잖아. 나는 도움을 받을 자격이 있어. 내가 업그레이드해 주는 거야. 주위 사람들의 삶을. 나는 희생을 요구한 적 없어. 나는 그걸 제일 싫어한다. 희생하고 있다는 생각이 드는 순간 끝장나는 거야. 나는 희생도 없었고 후회도 없어. 희생하라고 한 적도 없었고. 그런데 네가 언제 희생을 했다고 후회를 하냐? 못 한다고 했어야지. 아무도 강요한 사람은 없어. 선택도 네 몫, 후회도 네 몫이야."

고모는 가족들 좀 그만 괴롭히라고 외치면서 집에 가 버렸다. 나는 할머니와 많은 시간을 보냈다. 학교도 그만둔 터라 달리 할 일이 없기도 했다. 할머니와 남은 시간을 가능한 한 함께 보내는 것이 내가 할 수 있는 유일한 일이라고 생각했다.

"반만 마비가 되어서 얼마나 다행인지 몰라. 아파서 다행이야. 반쪽이나마 아프니까 내 몸 같아."

나는 할머니의 혼잣말 아닌 혼잣말을 들으며 할머니의 몸을 주무르고 또 주물러 드렸다. 처음에는 할머니 몸에 손 닿는 게 긴장되었지만 만져 보니 괜찮은 것 같았다. 나는 마르첼로가 하듯이 킁킁대며 할머니 냄새를 먼저 맡아 보았다. 늘 맡던 그 향이 진하게 나면서 마음이 편해졌다. 무화과 같은 달콤한 향. 할머니의 향수 냄새였다.

"수지야, 잘 사는 거 별거 아니다. 다른 사람한테 최소한 피해는 주지 않는 거. 그게 잘 사는 거야. 쓸데없이 친절을 받지 않고, 쓸데없는 친절과 피해를 주지 말고."

"네, 할머니."

"남자 친구는 잘 있니? 요샌 통 안 보이네."

"남자 친구가 아니라 그냥 친구. 지금 고3이니까 바쁘지."

"나이 들면 남는 건 연애한 기억밖에 없다. 바쁜 애는 제쳐 두고 걔 몰래 한 달짜리 연애를 백 번 해."

"백 명을 어디서 찾아요?"

"신문에 광고도 내고. 할 수 있는 건 다 해야지. 최선을 다해서 해야 한다."

나는 피식 웃었다. 이 얘기를 한민에게 하면 근사한 광고 기사를 써 주겠지. 갑자기 한민 생각을 하니 얼굴에 미소가 지어졌다.

"봐라. 지금 널 미소 짓게 한 사람. 그 사람이 애인이고, 그게 사랑이다. 감출 수 있는 걸 감춰야지."

할머니가 그렇게 말하니 나는 얼굴이 빨개졌다. 할머니가 한 그 말이 계속 머릿속에서 맴돌았다. 한민은 내게 가장 친한 친구인 걸까? 아니면 이게 사랑인 걸까? 내 눈에는 안 보여도 할머니 눈에는 보이는 걸까? 나는 한민이 어떻게 생각하는지 궁금했다. 한민에게 나는 가장 친한 친구일까? 사랑하는 사람일까? 이걸 어떻게 물어봐야 할지 알 수 없었다. 세상에서 가장 큰 난제였다. 페르마의 마지막 정리가 이보다 더 풀기 쉬울 것 같았다.

그다음에 한민을 만났을 때 나는 한민을 잘 관찰했다. 그 어디에도 한민이 나를 좋아한다는 증거는 보이지 않았다. 한민이 마르첼로를 좋아한다는 증거는 1톤 트럭에 담아도 넘칠 정도로 많았다. 나는 결국 한민에게 짜증을 내고 말았다.

"너는 왜 맨날 마르첼로가 좋아하는 것만 말해? 네가 좋아하는 걸 말해 봐."

"마르첼로가 좋아하는 게 내가 좋아하는 거야."

한민이 대답했다.

나는 점점 짜증이 나서 퉁명스럽게 말했다.

"박한민. 나는 아직도 네가 누군지 잘 모르겠어. 우리가 제일 친한 친구가 맞는지 가끔 의심스러워."

한민은 서글서글하게 웃으며 대답했다.

"내가 누군지 잘 모르겠다니. 그럴 리가. 나는 마르첼로의 행복을 바라는 사람이지."

나는 한민의 맞은편에 서서 길을 막고 단호하게 물었다.

"나는?"

"나는 너의 행복도 바라고 있어."

"그게 아니라, 내가 누군지는 아느냐고. 너는 내가 좋아하는 게 뭔지 전혀 모르고 있어. 관심도 없고."

"아니야. 네가 좋아하는 것도 내가 좋아하는 거야."

"내가 좋아하는 게 뭔데?"

"마르첼로."

"너 정말!"

나는 화가 나서 뒤돌아서 걷기 시작했다. 한민이 달려와서 내 앞에 섰다. 내가 가장 싫어하는 건 내 등 뒤에서 말하는 사람이다. 한민은 내가 좋아하는 게 뭔지는 몰라도 싫어하는 건 확실히 안다.

"마르첼로가 좋아하는 걸 내가 다 좋아하는 것처럼, 네가 좋아하는 건 나도 좋아해. 너무 많아서 말을 못 하겠어."

"내가 좋아하는 게 뭔지 말해 줄까? 그건 박한민 너야. 이제 어쩔래."

"네가 박한민을 좋아한다면 나도 박한민이 좋아. 나도 늘 내가 마음에 들었어."

원했던 답이 아니었다. 머릿속에서 자동으로 욕 수첩의 첫 구절이 튀어나오고 있었다. 나는 인내심을 발휘해서 욕을 참고 차분하게 말했다.

"너한테 해 주고 싶은 말이 있는데 줄여서 말할게. 너는 명왕성 같은 놈이야."

한민은 영문도 모른 채 고맙다고 답했다. 한민을 뒤에 남겨 두고 집으로 혼자 달려갔다. 달리면서 생각해 보니 '정수지, 너를 좋아해'라는 말을 누구에게도 들어 본 적이 없는 것 같았다. 한민은 내가 좋아하는 건 자신도 좋아한다고 했지만 나는 나 자신을 사랑하는지 잘 모르겠다. 나는 집에 돌아와서 수첩에 내가 생각하는 나의 멋진 점을 적기 시작했다.

1. 헤드폰이 잘 어울린다. 그날 의상에 어울리는 헤드폰을 잘 고른다.
2. 마르첼로가 나를 좋아한다.
3. 마르첼로가 내 냄새를 좋아한다.
4. 산책을 잘 한다.
5. ~~다른 사람을 이해하려고 노력한다.~~

나는 5번에 줄을 그어서 지웠다. 나는 다른 사람을 이해하려고 때때로 너무 노력하는데 나는 그런 내가 때때로 마음에 들지 않으니까. 그러면 내가 다른 사람을 이해하려는 노력을 덜 하면 나 자신을 좋아하게 될까? 너무나 어려웠다.

비밀의 땅

내가 나를 여전히 좋아하지 못한 채로 시간이 흘러갔다. 할머니는 식사량이 점점 줄었다. 몸무게도 줄었다. 수액으로 영양분을 공급받으며 간신히 하루하루 생명을 연장하고 있었다. 창밖의 계절은 계속 변했다. 긴 겨울이 가고 어느새 봄이었다. 할머니 방 창밖으로 목련 가지가 보였다. 밤에 하얀 목련이 피어 있다는 건 참 이상했다. 보는 이 하나 없이 목련 꽃잎이 뚝뚝 떨어지는 한밤을 생각하면 무서워졌다. 소리가 들리는 세계로 넘어온 이후에 나는 소리 없이 떨어지는 것들에 묘한 공포감을 느꼈다. 할머니는 새벽에 한 시간마다 깨서 기침을 한참 했다. 새순을 틔우는 나무 같았다. 알 수 없이 기침하고 목이 간질간질하다가 갑자기 꽃이 확 피고, 어리둥절해지는 것. 그러다가 눈 감듯 슬쩍 떨어질 꽃잎들처럼. 할머니가 봄꽃 떨어지듯 잠들까 봐 나는 겁이 났다. 나는 할머니의 마른 손을 잡고 한참을 쓰다듬었다. 쉽게 부서져 버릴 것 같은 손이었다.

"수지야, 나는 평생 사랑하며 살았다. 후회는 없어. 나는 내 몸을 잘 보살폈어. 그래도 결국엔 죽게 되겠지. 이젠 그저 죽음을 빨리 불러오고 싶어. 죽는 게 두려운 게 아니라 추하게 살아 있을까 봐 두려워. 혹시 내가 우아하지 못한 날이 오면, 내 죽음을 앞당겨 주었으면 좋겠어. 그게 내가 원하는 거야."

할머니는 그 말을 반복적으로 했지만, 끝까지 정신이 온전하고 우아했다. 내가 아는 한 가장 우아한 할머니였고 가장 우아한 죽음이었다. 엄청나게 고통스러웠을 텐데 아프다는 얘기는 한 마디도 하지 않았다. 말도 못 할 정도로 아플 때는 입술을 꼭 다물고 있다가 고통이 잦아들면 또 아무렇지 않게 이야기했다. 할머니는 내게 해 줄 명언의 목록을 어딘가에 적어 놓기라도 한 듯 끝없이 당부의 말을 쏟아 내었다. 할머니는 엄마와 고모와 내가 지켜보는 앞에서 돌아가셨다. 할머니가 돌아가시기 직전에 남긴 마지막 말은 이거였다.

"정말 가네……."

깊이 잠들듯 돌아가시고 나서 할머니는 더욱 가벼워졌다. 더는 아무런 소리도 내지 않았다. 다른 세계로 넘어간 그 몸을 바라보며 이상하게 나는 별로 눈물이 나지 않았다. 할머니 머리맡에는 미리 작성해 놓은 유서가 있었다.

유서

내가 피땀 흘려 모은 재산, 저세상까지 가져가마. 노잣돈이 두둑해야 지옥에서도 대접받으며 살 것 같다. 지옥 같은 한국에서 육십오 년 살면서 배운 거다. 너희도 필요하면 너희 땀을 흘려서 돈을 모아라.

알다시피 내 명의의 작은 땅이 세 군데 있다. 내가 죽으면 내 입을 벌려 지금 사는 아파트를 제외한 땅문서를 모두 작게 접어 내 입 속에 넣어 나와 함께 묻어 주길 바란다. 그곳은 빈 땅으로 남아 있어야 한다. 내가 저승에 가져갔으니까. 내 관은 주상 복합 빌딩이 세워진 옛집 빈 땅에 묻거라. 비석을 세워 주면 좋겠다. 내 베개 밑에 있는 공책에 묘비명을 어떻게 쓸지 오랫동안 연구하고 수집해 온 결과가 있다. 내가 숨이 멎은 시각의 번호를 묘비명으로 채택하길 바란다. 이 아파트와 대출 빚을 내 딸에게 물려준다. 집을 팔고 빚을 청산하면 일억 정도 남을 테니 그걸 남은 식구들이 잘 나눠서 갖길 바란다. 그리고 남은 가족들이 죽게 되면 내 옆에 묻히는 것을 허락한다.

이만. 잘들 살아라.

묘비명 후보

1. 배고프게 태어나 배부르게 간다.
2. 어쨌거나 계속 사랑했다.
3. 그도 나를 사랑했다.
4. 그도 나를 사랑했겠지.
5. 몸이 가는 대로 살다 간다.
6. 오늘은 나 내일은 너.
7. 사랑은 늘 우리를 어딘가로 데려간다. 결국엔 땅으로.
8. 이 땅에 잠들다. 땅도 나와 함께 잠들리라.
9. 헛된 죽음은 없어라.
10. 오늘은 죽음이 빨리 왔다.
11. 아무것도 보지 않고 아무것도 듣지 않는 것만이 진실로 내가 원하는 것.
12. 나는 아름다웠다.

옛집 터가 있는 할머니 땅은 17층짜리 거대한 주상 복합 빌딩이 둘러싸고 있었다. 그곳은 아무도 갈 수 없고 오직 새들만 갈 수 있는 비밀의 땅이었다. 관리가 되지 않아 높이 자란 잡초가 무성했고 도심 속 야생 구역 같았다. 할머니는 그 땅 한가운데에 묻혔다. 관을 내리는 데 스무 명의 일꾼과 1킬로미터의 로프가 동원되었다. 장례식은 할머니가 미리 정해 놓은 대로 진행되었다. 일단 할머니의 턴테이블을 가져와서 할머니가 좋아하던 심수봉의 〈사랑밖에 난 몰라〉와 베토벤 교향곡 제9번을 틀었다. 할머니가 골라 둔 실크 원피스를 입혀 드리고 화장도 평소와 똑같이 해 드렸다. 앞머리와 뒷머리에 컬은 못 넣었지만. 나는 할머니가 오랫동안 베고 자서 낡고 납작해진 꽃무늬 베개를 가져가서 할머니 머리 밑에 넣었다. 낡은 꽃무늬 베개는 오래 울고 난 듯 침착하고 다정했다. 마지막으로 나는 할머니가 '수지에게 당부하는 말'이라고 적어 놓은 수첩의 마지막 페이지를 낭독했다. 실제로 그 수첩이 존재했다.

"수지야, 네가 무슨 일을 하든지 먼저 너 자신과 좋은 친구가 되어야 한다. 네가 좋아하는 친구들한테 행동하는 방식대로 너 자신에게 행동하는 게 생각보다 쉽진 않다는 걸 알게 될 거야. 너 자신과 친구가 되고 나면 너 자신을 대하듯이 다른 사람을 대할 수 있는 거야. 불필요한 위로를 하지 않게 되지. 누구에게나 삶은 단 한 번뿐이지. 후회하지 않을 선택만 해야 해. 너의 삶이니까. 선택은 언제나 너 자신을 위해서 네가 하는 거야. 네가 무엇을 선택하든 잊지 말아야 할 것은, 너는 아름다움을 발견하는 법을 알고 있다는 거야. 그 힘으로 세상을 더 나은 곳으로 만들 의무가 있어. 그것만 잊지 말아 주렴."

우리는 건물 옥상에서부터 할머니 땅까지 철제 비상 사다리와 고층 빌딩 유리창 청소할 때 쓰는 로프와 도르래를 설치하고 안전 매트를 깔았다. 할머니께 조문을 드리려면 안전모를 쓰고 몸에 밧줄을 맨 채 로프를 타고 내려가야 했다. 1층에 문 하나만 내주었다면 간단했을 텐데, 끝까지 땅을 팔지 않은 할머니에게 앙심을 품은 건설업자는 그렇게 하지 않았다. 사방이 17층짜리 높은 벽이었다. 할머니 땅에서 고개를 들면 직사각형 모양으로 하늘이 뚫려 있었다. 언젠가 사진으로 본, 무덤 속에서 본 하늘의 모양과 같았다. 공터 한가운데에 할머니를 묻어 드리고 비석에는 7번 묘비명이 새겨졌다.

할머니의 죽음은 내가 처음으로 목격한 죽음이었다. 그전까지는 죽음을 소문으로만 전해 들었다. 숨이 멎은 직후, 영혼이 빠져나간 자리인 듯 할머니 입은 벌어진 채 닫히지 않았다. 나는 그 굳은 입과 차가운 손을 만졌다. 그런데도 할머니의 죽음이 받아들여지지 않았다. 할머니를 묻고 집에 돌아와서 할머니 방문을 열었을 때 침대가 비어 있다는 사실에 나는 당혹했다. 할머니는 이 방에도 없고 할머니가 묻혀 있는 땅속에도 없는데 그럼 도대체 어디로 간 것일까. 할머니 방에 할머니의 몸만큼 공간이 비었는데 할머니가 여기에도 저기에도 없다는 게 두 배의 공백으로 느껴졌고 그건 무엇으로도 채워지지 않을 것 같았다. 내가 봐 왔고 알고 있는 세계 너머에 또 다른 세상이 존재한다는 것이 비로소 와닿았다. 그런데도 내가 결코 그 세계에 대해 알 수 없을 거라는 사실이 두렵게 느껴졌다.

먼 친척들과 할머니의 친구들이 모두 돌아가고 거실에는 엄마와 고모와 나만 남았다. 더 커진 것 같은 거실에 빛이 가득 들어차 있었다. 그날따라 햇살이 더욱 희고 곱게 느껴졌다. 그 빛의 결은 한참을 울고 나서 차분해진 사람들의 쉰 목소리와 닮았다. 우리 셋은 한참을 말없이 앉아 있었다. 고모는 이만 가 봐야겠다며 짐을 챙기기 시작했다. 고모가 가기 전에 엄마에게 할 말이 있다고 하자, 엄마는 나보고 방으로 들어가 있으라고 했다. 나는 방문을 조금 열고 고모의 입술을 보면서 대화를 엿들었다. 고모는 다 쉬어 버린 목소리로 힘겹게 말을 꺼냈다.

"엄마 돌아가시자마자 이런 얘기 꺼내서 미안하지만 이런 얘기일수록 빨리하는 게 나아요. 유서를 봐서 알겠지만, 엄마가 땅 사느라 대출 빚을 좀 졌어요. 유언에 따라 땅을 팔 수는 없으니 이 집을 대신 팔아야 할 것 같아요. 그러면 빚은 그럭저럭 해결될 거예요. 제가 그동안 과외로 생계를 유지해 온 터라 형편이 넉넉하진 않아요. 언니도 이제 엄마도 없고 먹고살기 막막할 텐데 도움이 못 되어서 미안해요. 당장 팔 건 아니에요. 집 구하려면 시간이 필요할 테니까요. 몇 달이 걸려도 괜찮아요. 이사 갈 준비가 되면 저한테 알려 주세요."

고모의 목소리는 하도 많이 울어서 쉬었지만 차분했다. 엄마는 아무런 대답을 하지 않는 것 같았다. 고모의 말이 이어졌다.

"왜 항상 말이 없어요. 답답하게. 무슨 말이라도 해 봐요."

고모는 언성을 높였지만, 여전히 엄마는 아무 말도 안 했다.

"언니의 답답함 때문에 미칠 것 같아요. 언니. 언니라고 부르고 있긴 하지만 언니와 우린 사실 서류상으로 남이잖아요. 오빠랑 정식으로 결혼한 것도 아닌데. 애 하나 잘못 낳아서 우리 집에 들어와 노예처럼 부려지는 거 안쓰러웠어요. 이해 안 가기도 했고. 내가 잘못한 것도 없이 죄책감이 들었어요. 내가 왜 그래야 해요? 그래서 언니를 미워했어요. 언니의 미련함, 언니의 희생정신, 다 견딜 수 없었어요. 이제야 솔직히 말해요. 절 너무 미워하지 마세요. 전 원래 착한 사람 별로 안 좋아해요. 물론 나쁜 사람도 안 좋아하지만. 울 엄마 매력적이지만 힘든 사람이었어요. 아빠도 오빠들도 엄마랑 사는 걸 힘들어했어요."

그 뒤로 한참 동안 침묵이 이어졌다. 쇠막대기를 긁는 것 같은 고모의 울음소리가 이어졌다. 마침내 고모는 크게 울면서 소리쳤다.

"이게 다 언니 때문이에요. 언니가 그렇게 뒷바라지해서 엄마가 더 멋대로 산 거라고요. 멋대로 산 만큼 멋대로 죽은 거구요. 언니 때문이에요. 이게 다 언니 때문이에요."

고모가 짐을 챙겨 나가는 소리가 들렸다. 엄마의 울음소리가 들리는 것도 같고 아무 소리가 안 들리는 것도 같았다. 나는 그만 못 참고 인공 와우 장치를 꺼 버렸다. 아무것도 안 듣고 싶어졌다. 평화로운 침묵의 세계로 돌아가고 싶어졌다. 그날 우리 집에 들어선 침묵은 오랫동안 사라지지 않았다.

장례식이 끝난 뒤에도 할머니의 무덤을 찾아가길 원하는 할머니 친구들이 많았다. 그때마다 내가 도르래를 돌렸다. 고모가 방문 예약 전화를 받았다. 예약 문의 전화에 지친 고모가 전화번호를 바꿔 버릴 때까지 한 달 동안 여든네 명이 방문을 원했고 그중에 서른다섯 명이 내려가길 포기하고 옥상에서 조문했다. 세 명은 로프에서 떨어져 골절상을 입었다. 그중 한 명은 이대로 죽어 같이 묻히게 해 달라고 애원하기도 했지만, 가족들이 병원으로 모셔 갔다. 나는 꽃씨를 종류별로 사다가 할머니를 방문하는 조문객에게 꽃씨를 한 움큼씩 뿌려 달라고 부탁했다. 구석에는 누군가 심고 간 작은 동백나무 한 그루도 있었다. 그 비밀의 땅은 금세 꽃으로 뒤덮였다. 비석도 꽃 속에 파묻혔다.

할머니가 돌아가신 이후로 엄마는 급격히 변하기 시작했다. 할머니는 엄마에게 많은 일거리를 준 사람이었으니까 할머니의 죽음은 일종의 해방이었다. 그러나 엄마는 삶의 중심을 잃어버린 듯했다. 그동안은 할머니의 유쾌함이 엄마의 어둠을 떠받쳐서 간신히 균형을 유지했던 것일까? 아니면 엄마의 어둠이 그림자처럼 할머니를 지켜 주었던 걸까? 균형을 잃은 엄마의 어두움은 점점 몸집을 불리면서 이 집에 무겁게 쏟아져 내려왔다. 엄마는 더 말이 없어졌고 집안일을 내버려 두었다. 불도 안 켜고 어두운 방에서 온종일 그냥 누워 지내는 날이 많아졌다. 내가 숨는 걸 그렇게 싫어하던 엄마였는데, 엄마는 자기 안으로 숨어 버렸다. 그곳에 내 자리가 없다는 사실이 서운했다. 나는 아직 살아 있는데, 내 존재는 엄마한테 아무런 위로가 되어 주지 못하는 걸까? 그런 엄마를 신경 쓰느라 나는 할머니의 죽음을 슬퍼할 겨를도 없었다.

나는 한민을 만나 엄마의 상태에 대해 상담했다.

"엄마는 왜 그럴까? 할머니의 죽음이 너무 슬퍼서? 아니면 할머니가 돌아가시고 나니까 원래 엄마의 모습으로 돌아간 걸까? 엄마랑 할머니는 사이가 딱히 좋지도 않았는데. 엄마가 이렇게 괴로워하는 게 이해가 안 가."

"둘 사이의 일은 아무도 모르는 거지. 그리고 상처와 슬픔을 다룰 줄 몰라서 자신을 고립시키는 방법으로 세상에 벌을 주는 사람도 있어."

한민이 말했다.

"우리 엄마가 그렇다는 거야?"

"나는 네 엄마를 잘 몰라. 그냥 세상엔 슬픈 사람이 많이 있다는 얘길 하고 싶었어."

한민은 그렇게 말하고 나를 아파트 입구까지 바래다주었다.

"세상에 행복한 사람과 불행한 사람은 없어. 대신에 사람마다 행복한 시기와 불행한 시기가 있는데 너희 엄마는 잠시 불행하고 힘든 시기를 겪고 계시는 중일 거야. 그러니 시간이 지나면 괜찮아질 거야. 걱정하지 마."

그렇게 말하며 돌아가는 한민과 마르첼로의 뒷모습을 나는 오래 바라보았다. 어릴 적 살던 집의 옥상과 다락방이 절실하게 그리웠다. 숨어 있을 곳이 필요했다. 누군가 나의 숨을 곳이 되어 준다면 좋겠는데. 그 누군가가 한민이라면 좋겠다고 나는 생각했다.

한민을 만나고 돌아와 현관문을 열었을 때 집은 여전히 적막했다. 무거운 마음으로 엄마 방문을 열었는데 아무도 없었다. 방은 깨끗이 정리되어 있었다. 나는 옷장을 열어 보았다. 텅 비어 있었다. 서랍장도. 식탁 위에는 전원이 꺼진 엄마의 휴대폰과 메모지 한 장이 남아 있었다.

혼자 있을 시간이 필요해. 잠시만 떠나 있을게.
고모한테 전화해서 집을 팔아 달라고 해.
그 돈을 받아 생활하길 바란다.

믿기 어렵지만 엄마가 가출했다. 나를 혼자 남겨 두고. 이상한 일이지만 할머니가 부재해 있는 비정상적인 상황에서 엄마마저 사라지게 된 이 순간이 자연스럽게 받아들여졌다. 나는 당황스럽지도 않았고 슬프지도 않았다. 어쩌면 마음이 이미 과부하 된 상태라 엄마의 가출 정도는 입력조차 되지 않는 건지도 모르겠다. 나는 날이 저물어 집이 어둑해진 뒤에도 집 안의 전등을 켜지 않은 채로, 아무것도 먹지 않고 소파에 멍하니 앉아 그날 밤을 지새웠다. 새벽녘에 잠이 깨어 도움을 요청해야겠다고 생각했다. 그런데 도움을 요청할 사람이 없었다. 일단 고모의 바뀐 번호로 문자를 보내 엄마의 가출 소식을 알렸다. 집을 팔아 달라고 하는 엄마의 메시지도. 엄마가 가출한 이후로 나는 아무것도 하지 않으며 며칠을 그냥 보냈다. 유일한 일과는 할머니 무덤에 찾아가는 것이었다. 해야 할 일도, 가야 할 곳도, 만나야 할 사람도 없었지만, 시간은 계속 흘러갔다. 내 시간은 멈춰 있는데 세상이 계속 돌아가는 게 이상했다. 왜 해가 뜨고 지는 걸까? 나를 이렇게 혼자 두어도 되는 건지 세상에 묻고 싶었다. 이제부터는 누가 나를 키워 줄지 아무도 얘기해 주지 않았다. 나는 할머니가 돌아가신 이후로 단 한 번도 울지 않았다. 눈물이 나지 않았다. 나는 마땅히 슬퍼야 할 텐데 이상하게 슬픔이 느껴지지 않았다. 내 마음은 무참해서 오히려 고요했다. 그때의 감정은 이미 나를 넘어설 만큼 커져서 보이지 않는 것 같았다. 내가 슬픈 것은 확실한데 그 슬픔은 도대체 어디로 간 걸까?

나는 슬퍼하는 법을 배우지 못했다. 다른 사람들은 슬플 때 무엇을 하나 궁금해져서 나는 도서관의 신문과 잡지에서 슬픈 사람들의 기사를 찾아보았다. 슬픈 사람들이 슬픔을 표현하는 방법은 울거나 술을 마시거나 누굴 때리거나 자살하는 것이었다. 아니면 동반 자살을 하거나 일가족을 죽이고 자살했다. 주로 방에서 목을 매거나 높은 건물에서 뛰어내리거나 차에서 번

개탄을 피워 놓고 스스로 목숨을 끊었다. 다리 위에서 뛰어내리는 사람들도 있었다.

나는 한강 위의 양화대교를 찾아갔다. 슬픔에 빠진 사람들을 보고 싶었다. 해 질 무렵, 높은 금색 건물 벽에 붉은 해가 반사되어서 붉게 멍들어 있었다. 지저분한 한강 물 위로 하얀 거품이 일고 물결이 잔잔했다. 물결을 한참 동안 쳐다보았다. 다리 위를 지나가는 사람이 많았다. 자전거를 타고 지나가는 사람도 있고 걷는 사람도 있었다. 다리를 걸어서 혼자 건너는 사람들은 대개 표정이 비슷했다. 하나같이 부유하는 표정이었다. 아마 내 얼굴도 비슷하게 보이겠지. 나는 지나가는 사람들을 한 명씩 붙잡고 한강 다리를 건너는 이유를 묻고 싶었다. 지금 슬픈지 묻고 슬픈 이유가 무엇인지도 묻고 싶었다. 하지만 그들은 나와 눈도 마주치지 않고 내가 존재하지 않는 양 모른 척 지나쳤다. 나도 마찬가지로 그랬다. 마치 그래야만 한다는 암묵적이고 오래된 한강 다리 보행 예절이라도 있다는 듯이.

나는 양화대교에서 걸어 나와서 한강 변을 걸었다. 달리는 사람과 산책 나온 사람들로 한강 변엔 어떤 화사함이 있었다. 계단을 올라가자 절두산 순교성지가 나왔다. 그 앞에 작은 정원이 잘 가꿔져 있었다. 꽃들이 지나치게 환했다. 예쁜 꽃들을 보자 이상하게 화가 났다. 사람들 몰래 꽃잎을 몇 개 뜯어다가 던졌다. 더 걸어가자 양화진 외국인묘지가 있었다. 고국으로 돌아가지 못하고 이국땅에서 죽은 이들의 무덤이었다. 비석에 새겨진 문구들을 읽고 있으니 왠지 모르게 묘한 기분이 들었다. 설렘에 가까운 감정이었다. 묘지 앞에는 오래된 집들이 있었다. 나는 공동묘지가 내다보이는 창문이 있는 집들을 한참 쳐다보았다. 바다 건너 타국에서 죽은, 이름 긴 사람들의 무덤이 내려다보이는 집이었다. 집들의 창문은 어쩐지 고요하고 정다워 보였는데, 그 창문들을 쳐다보는 내 감정을 알 수가 없었다. 부러움과 쓸쓸함이 뒤섞인 복잡한 감정이었는데 그곳에도 나의 슬픔이 없다는 것만은 확실했다.

소파에 앉은 채로 밤을 꼬박 새우다가 잠시 잠들었다가 새벽녘에 다시 깨는 날이 많았다. 그럴 때 왜 또 엉망진창이 되었을까 생각하며 앉아 있다 보면, 언젠가 같은 기분과 같은 자세로 앉아 있었던 것 같았다. 그때도 또 언젠가 같은 기분이었다고 느꼈던 것 같고. 무한 루프에 빠져드는데 도대체 어디서부터 고쳐야 할지 알 수가 없었다. 마음이 닳아서 아픔을 느낄 수가 없었다. 아픔을 느끼고 싶었다. 묵직하게 내리누르는 듯한 아픔을. 절대 분해되지 않는 절망이 내 안 깊숙이 가라앉아 있고 어느 날 그것이 떠올라 나를 완전히 미치게 할 것 같았다. 누굴 원망하는 것도 아니었다. 후회하는 것도 아니고, 다만 알 수가 없었다. 알 수가 없었다. 도대체 나한테 무슨 일이 일어난 것인지 알 수가 없었다.

내가 학교 운동장에 안 나타나자 한민이 마르첼로와 함께 집으로 찾아왔다. 한민은 나를 끌어내 집 밖으로 데리고 나갔다.

늘 가던 학교 운동장에. 방과 후 운동장은 한산했다. 봄이 막을 내리는 계절이었다. 나무들은 초록색으로 완전히 갈아입었다. 바닥에는 꽃잎들이 떨어져 있었다. 어느 날 혼자 확 피었다가 손쓸 도리 없이 갑자기 떨어져 버린 꽃잎들이었다.

"할머니가 죽은 게 내 탓인 것만 같아. 엄마가 가출한 것도 내 탓 같고. 내가 살아 있다는 것에 그저 죄책감이 들어."

우리 앞에는 사이다 캔이 놓여 있었다. 기타를 연습하던 한민은 잠시 기타를 머리 위에 올려놓고 생각에 잠겼다.

"언젠가 책에서 읽었는데, 다시는 되돌릴 수 없는 것들의 목록을 작성하고 그것을 보내는 너만의 의식을 해 봐. 슬픔의 기간을 따로 가져서 마음껏 슬퍼하고 나면 덜 슬퍼진대."

"내 마음이 어디에 있는지 몰라서 슬퍼할 수가 없어. 슬퍼지지 않아."

"그러면 슬퍼하는 법을 발명해 봐. 너처럼 뭘 해야 할지 모르겠고 슬퍼하는 법을 모르는 사람들을 위해. 그러면 너처럼 슬퍼하는 법을 모르는 사람들이 슬플 수 있어서 기쁠 거야."

한민을 만나니 그나마 잠시 살아 있는 것 같았지만 한민은 대학 신입생이었다. 새로운 생활에 적응하느라 바빠 보였다. 새로운 친구를 사귀는 데 방해될까 봐 먼저 만나자고 하기도 미안했는데 만나고 나니 괜히 위축되었다. 한민이 말했다.

"사춘기가 왜 있는지 알아? 동물은 어느 정도 성장하면 부모 곁을 떠나잖아. 독립을 돕는 호르몬이 나와서 그렇게 되는 거래. 인간도 마찬가지인데 우린 신체 성장이 끝나도 부모 곁을 떠나지 않잖아. 더 오래 보호받아야 한다고 생각하니까. 하지만 몸에서는 독립하라는 신호를 보내니까 부모 곁에 있으면서도 보호와 도움을 거절하는 사춘기를 겪게 되는 거지."

"근데 그 얘길 지금 나한테 왜 하는데? 너 사춘기니?"

나는 퉁명하게 물었다.

"아니 그냥. 너네 엄마는 사춘기가 뒤늦게 찾아와서 가출한 게 아닐까. 그냥 그렇게 받아들여."

그 말을 듣고 나니 마음이 편해졌다. 한민의 말이 사실인 것 같았다. 나는 그때부터 엄마의 가출을 인정하고 받아들였다.

엄마가 가출한 뒤로 집은 점점 더러워졌다. 빨랫감이 밀리고 음식물 찌꺼기와 쓰레기가 쌓였다. 어떻게 이전에는 항상 냉장고에 시원한 보리차가 있고, 반찬 통에 반찬이 들어 있고, 밥통에 따뜻한 밥이 있고, 가스레인지 위 뚝배기 안에 찌개가 담겨 있던 걸까? 그것들은 도대체 어디서 왔을까?

내가 이제까지 당연하게 살아온 날들이 놀랍게 느껴졌다. 집은 청소를 필요로 한다. 그것을 나는 이제야 깨달았다. 사용 설명서를 찾아 들여다보며 세탁기를 처음으로 돌려 봤고, 화장실 청소와 설거지를 했다. 쓰레기를 모아 갖다 버리고 마실 물을 사다 놓았다. 요리는 여전히 못 하므로 집 앞 식당에서 엄마 카드로 밥을 사 먹었다. 집에서 함께 밥 먹던 날들이 먼 옛날처럼 느껴졌다. 아무리 일을 해도 집안일은 끊임없이 불어났다. 셋이 살던 집에 혼자 있으니 집이 점점 휑해졌다. 나는 할머니처럼 사람들을 끌어모을 자신이 없었다. 엄마처럼 블랙홀이 되고 싶지도 않았다. 다시는 예전처럼 돌아갈 수 없다는 것을 인정하게 되었다. 이 집은 지금의 나와 안 맞는 옷처럼 겉돌고 있었다. 나는 고모한테 이 집을 빨리 팔아 달라고 문자를 보냈다. 나는 할머니와 엄마의 짐들을 정리하기 시작했다. 그러면서 내가 엄마에 대해 아는 게 별로 없다는 것을 깨달았다.

어릴 적에 엄마와 많은 얘길 나눴지만, 막상 엄마가 자기 얘길 한 적은 별로 없었다. 만약에 엄마가 다시 돌아와 준다면 많은 질문을 던질 것이다. 엄마가 어릴 적에 어떤 모습이었는지, 가장 좋아하는 노래는 뭐고 가장 행복했던 순간은 언제였는지, 이전에 살았던 집들과 첫사랑과 마지막 사랑은 어땠는지 말해 달라고 조를 것이다. 내가 태어나기 이전에 엄마는 행복했을까? 내 존재 자체가 엄마한테는 불행의 시작이었던 게 아닐까? 이렇게 생각의 꼬리를 물다 보면 결국에는 나 때문에 엄마가 불행해졌고 그래서 엄마가 나를 사랑하지 않는다는 결론에 도달했다. 그런 생각에 빠지지 않도록 막을 힘이 없었다. 매일 밤 나는 태어나서 한 번도 사랑받지 못한 아이가 되어 세상 끝에 서 있었다.

다음 날 저녁, 고모한테서 문자가 왔다. 내일 아침 열 시에 인천공항 버거킹에서 만나자고 했다. 나는 나갈 기운이 없을 만큼 슬퍼서 그냥 집에 있고 싶다고 대답했지만, 고모는 앞으로도 슬퍼할 날들은 많으니 그냥 나오라고 했다.

인천공항 버거킹에 도착하니 빈 테이블이 하나밖에 없었다. 커다란 여행 가방 사이를 간신히 비집고 들어가 자리를 잡고 앉자 고모가 나타났다. 큰 여행 가방을 들고 배낭을 메고. 고모는 햄버거 두 세트를 사 왔다. 고모는 두 시간 뒤에 인도로 떠난다고 했다. 그런 다음에 태국과 라오스로 몇 달 동안 동남아를 떠돌 예정이라고 했다.

고모와 차분하게 얘기를 나누려던 나는 고모가 곧 떠난다는 소식에 황망했다. 어디서부터 얘기해야 할지 막막했다. 고모는 햄버거를 먹으며 내 얼굴을 빤히 쳐다보다가 여행 가방을 열더니 밝은 색 봄 잠바를 하나 꺼내서 내밀었다.

"이거 치수가 맞을지 모르겠는데, 입어."

나는 잠바를 받고 주춤거리며 입었다.

"이제 아가씨인데 밝은 옷도 입어 봐. 좀 꾸미고 살아. 인생은 껍데기야. 겉모습이 내면을 드러내 주는 거야."

나는 조심스럽게 말을 꺼냈다.

"고모, 저는 이제 누가 돌봐 주나요?"

고모는 당황한 듯이 이내 크게 웃었다. 과장된 웃음이었다. 그러고는 웃음기를 거두고 진지하게 말했다.

"이제부터는 네가 혼자 살아야지."

"세상에 홀로 내던져진 느낌이에요."

"사는 건 원래 그래. 그걸 이제라도 알았으니 잘됐네."

나는 그렇게 말하는 고모의 얼굴을 바라보았다. 단단하면서도 무심해 보였다. 강인해 보이는 건 할머니를 닮았지만 조금 더 차가웠다.

"고모는 저한테 하나밖에 없는 고모죠. 제가 고모에 대해서 아는 게 참 없어요."

"나에 대해서 알 게 뭐 있니. 그냥 남에게 피해 주지 않는 선에서 내 맘대로 살자가 내 인생 신조야."

고모는 말하는 시간이 아깝다는 듯이 쉬지 않고 햄버거와 감자튀김을 먹었다. 나는 하나도 먹지 않았다. 배가 고픈지도 모르겠고, 입맛도 없었다. 고모는 남은 음식과 포장 봉지를 쓰레기통에 쓸어 넣고 가방을 들고 항공사 카운터로 걸어갔다. 나는 천천히 따라가서 고모가 출국 수속을 밟는 모습을 보았다.

짐을 부치고 표를 받은 고모는 대합실 의자에 앉은 내 옆으로 왔다. 앞뒤 의자에는 사람들이 드러누워 있었다. 지나치게 들뜨거나 지쳐 보이는 사람들로 가득했다. 내 기분 상태는 공항에 있는 사람들과 비슷했다. 그렇다면 나는 여행을 떠나는 상태에 가까울까 아니면 돌아온 것에 가까울까. 이대로 나도 어딘가로 떠나면 좋겠다는 생각을 잠시 했지만 지금도 떠나 있는 상태와 다를 게 없었다. 고모는 메고 있던 작은 가방을 내게 내밀었다.

"할머니가 남긴 돈에서 네 몫이야. 현금 갖고 있다가 잃어버리지 말고 바로 통장에 입금해. 다음 달 2일에 이사 올 거니까 그 전에 방을 빼야 해. 가구랑 할머니 수집품들 그냥 다 버리거나 팔아 버려. 가구는 이사하면서 새로 샀던 거니까 중고업자를 부르면 값을 괜찮게 쳐 줄 거야. 할머니 수집품들은 황학동에 가면 사겠다는 사람이 널려 있을 거야."

"벌써요? 집이 팔렸어요? 그럼 저는 이제 어디에서 살아요?"

"먼저 집을 팔아 달라고 한 건 너야. 이제부터 살 집은 네가 구해야지."

"집을 어떻게 사는 건지 모르는데요."

"부동산에 가야지. 아니면 일단 집 근처 고시원에라도 가 봐. 네 할머니가 너한테 남은 돈을 나눠 주라고 했어. 어쨌든 유언이니까 지키려고 해. 많지는 않지만 그걸로 당분간은 살 수 있을 거야."

나는 할 말을 잃고 한참 동안 가만히 있었다. 갑자기 정신이 번뜩 들었다. 피가 머리로 솟구치는 것 같았다. 고모가 날 돌봐 줄 거란 기대는 하지 않았지만 이렇게 내버려 둘 거라는 생각도 하지 않았다. 고모를 붙잡고 싶었다. 무엇이라도 물어봐야 했다.

"혹시 우리 아빠 어딨는지 아세요?"

"나도 몰라."

"엄마가 갈 만한 곳을 아세요?"

"몰라."

"고모도 아빠랑 사이가 안 좋았어요?"

"아빠를 찾는 게 그렇게 중요해?"

"제가 저에 대해서 아는 게 아무것도 없으니까. 실마리 단서를 얻을까 해서요."

"그런 건 아무 상관 없어. 너는 그냥 너잖아. 이제 더 이상 애도 아니고. 독립된 존재라고. 그리고 너는 엄마랑 사이가 그렇게 좋지도 않았잖아. 뭐하러 찾니?"

"저는 엄마의 도움이 필요해요. 장애가 있잖아요."

"네가? 아 맞다. 너 청각 장애였지. 그걸 자꾸 까먹어. 우리가 그걸 의식하지 않도록 널 키운 건 잘했지. 하지만 너네 엄마 이상했어. 왜 우리가 널 한 번도 안 안아 주는지 이상하게 생각한 적은 없었니? 우리는 널 안아 줄 수가 없었어. 네 엄마의 요청이었어. 스킨십을 아예 하지 말라고. 그래야 타인의 손이 닿는 것에 민감하게 반응할 테니까. 널 보호하기 위해서라고 했어. 하숙집엔 남자들이 득실거리니까. 하숙생들은 밥을 같이 먹는 한 식구였지만 어쨌든 타인이야. 너는 운 좋게도 좋은 사람들만 있는 곳에서 보호받으며 잘 자랐지만 모든 아이들이 좋기만 한 환경에 놓이진 않아. 적절한 시기에 적절한 사람에게 도움을 요청하는 법을 배워야 해. 네 엄마는 너를 보호하려고 네 주변에 아주 두꺼운 막을 친 거야. 물론 네가 듣지 못하는 만큼 말도 못 할 거라고 생각했던 시절에 결정한 일이지만. 그 방법이 옳았는지 잘 모르겠어. 네 엄마가 그 결정을 후회했는지 어쨌는지 나는 몰라. 근데 무서웠을 것 같기는 해. 어른들도 아직 자라고 있는 중이야. 배우고 있는 중이고. 그렇게 불완전한 사람들이 어른이라는 이유만으로 아이들의 삶을 선택하고 개입할 수 있다는 게 나는 가끔 너무 무서워. 나는 엄마가 되어 본 적이 없으니까. 그 부담감이 얼마나 큰지 상상도 못 하겠어. 부담감이 있다고 해서 사람이 강해지거나 위대해지는 건 아니거든. 너한테 이런 얘길 왜 하는지 모르겠네. 그만두자. 어쨌든 어른 없이도 너 혼자서 잘 살 수 있어. 마음 맞는 친구만 있으면."

고모는 일어나서 출국 게이트 쪽으로 걸어가기 시작했다. 그러다가 돌아보고 말했다.

"내가 너한테 해 줄 수 있는 최고의 충고는 이거야. '내가 왜 여기서 이러고 있지?'라고 말하게 되는 순간이 많을수록 잘 살고 있다는 증거야. 그런 순간이 네 인생을 바꾸는 거야. 지나고 나서 돌아보면 그런 순간들이 인생을 덜 후회하게 만들었어. '내가 왜 여기서 이러고 있지?'라고 말하게 되는 순간을 많이 만들어."

"우리 언제 또 봐요?"

"또 볼 날이 있을까? 잘 모르겠네. 잘 살아남아."

고모는 뒤도 안 돌아보고 출국 게이트로 들어갔다. 고모에게 들은 얘기가 너무 충격적이어서 나는 집에 갈 힘이 없었다. 한민을 공항으로 불렀다. 마르첼로는 공항에 와서 신이 난 것 같았다. 한민도 내 마음 상태에 관심이 없는 건지 마냥 신나 보였다.

"운전면허를 따고 싶어. 차를 운전하고 전국을 돌아다니고 싶어. 비행기 운전도 하고 싶어. 사람들은 내가 이런 얘길 하면 '저런 안 됐구나'라고 말하는데 그럴 때 그냥 '너는 그렇구나' 이렇게 답해 주면 좋겠어. 동정이 아니라 인정이 필요해. '너는 그렇구나' 법을 만들어서 그렇게 대답하도록 법을 고쳤으면 좋겠어."

"너는 그렇구나."

"그래. 나는 그래. 근데 너는 오늘 표정이 왜 그래? 무슨 일 있어?"

한민이 경쾌하게 물었지만 나는 경쾌하게 답할 기분이 아니었다. 나는 진지하게 물었다.

"나는 너한테 어떤 존재니?"

"갑자기 그게 무슨 얘기야."

한민이 당황해하며 말했다. 나는 내 안의 외로움과 괴로움을 혼자 감당할 수가 없었다. 그것으로 칼을 만들어서 휘두르고 싶었다. 내가 받은 상처를 다른 사람도 알길 바랐다. 내가 상처를 줄 수 있는 사람은 아주 가까운 사람들뿐인데, 이제 내게 남은 가까운 사람은 한민밖에 없었다. 나는 한민에게 그 칼을 휘둘렀다. 나는 한민에게 말했다.

"너는 연민이 너무 많고 불쌍한 사람들한테 너무나 후해."

"그럴 수도 있겠지만, 그게 문제야?"

"내가 가장 걱정하는 건 네가 사랑과 연민을 구분하지 못하는 사람일까 봐. 그게 너무 두려워. 네가 나를 사랑하는 건 내가 불쌍해서잖아. 세상에서 아무도 나를 사랑하지 않을까 봐. 내가 사랑을 한 번도 못 받아 볼까 봐. 그래서 네가 나를 사랑해 주는 거잖아."

"그게 무슨 말이야. 정수지 너 왜 그래. 마르첼로와 내가 누구보다 널 사랑하는 거 잘 알고 있잖아. 네가 너라서 사랑하는 거야. 다른 이유가 없다고."

"마르첼로는 핑계야. 너는 사랑을 주는 걸 겁내고 있어. 너 자신을 던지지 못하고 있어. 마르첼로가 좋아하는 것에만 관심 있고 자기가 뭘 좋아하는지는 모르잖아? 너는 너 자신이 아까워서 아무한테도 내주지 않아. 너는 너 자신을 제대로 사랑한 적이 없어. 사랑받을 자격이 없다고 생각하는 거지. 그러니까 날 사랑하는 거지. 나는 불쌍한 아이니까. 모자란 사람의 모자란 사랑 정도는 받아도 된다고 생각하는 거잖아."

"지금 내 얘기 하는 거야? 네 얘기 하는 거야? 너 돌았냐?"

"내 말 잘 생각해 봐. 네가 알면서도 그동안 스스로 모른 척했던 얘기니까."

나는 그렇게 말하고 도망치듯 달려 나왔다. 공항버스를 타고 집으로 돌아와 방에 불도 안 켜고 누웠다. 내가 그런 말을 했다는 게 믿기지 않았다. 배가 전혀 고프지 않았다. 내 몸이 그대로 녹아 사라지길 바랐다. 마음이 황폐하고 지쳤다. 밤을 또 그대로 샜다.

다음 날 아침 일찍 나는 고모가 준 돈을 통장에 넣기 위해 은행으로 갔다. 엄마의 서랍에서 찾은 내 이름으로 된 통장을 가지고 갔다. 색이 다 바랜 통장 표지에는 새싹이 그려져 있었다. 통장 이름은 〈우리 아이 쑥쑥 통장〉이었고 아래 빈칸에 '정수지'라고 엄마의 글씨가 또박또박 볼펜으로 적혀 있었다. 통장에는 1년에 한 번씩 7년 정도 입금한 내역이 있었다. 그 돈의 정체를 바로 알 수 있었다. 어린 시절 엄마에게 맡긴 세뱃돈이었다. 다 떼어먹은 줄 알았는데 그대로 있었다. 나는 통장을 들고 번호표를 뽑았다. 창구에 가서 고모가 준 돈 만 원짜리 지폐 삼천 장과 함께 통장을 내밀며 입금해 달라고 했다. 창구 직원은 당황한 기색으로 나를 쳐다보았다. 나는 주민등록증을 내밀며 말했다.

"제 통장 맞아요. 제가 정수지예요."

직원은 종이에 무언가를 적더니 내게 내밀었다.

혹시 낯선 이의 부탁을 받고 돈을 입금하려는 건가요? 무선 이어폰으로 통화 중이라면 아무 말 안 하는 게 좋아요. 보이스피싱 조직원이 듣고 있거나 보고 있을지도 모르니까. 안전할 테니 걱정 마세요. 도움이 필요하면 그저 눈을 재빠르게 다섯 번 깜박여 주세요. 내가 도와줄게요.

직원은 종이를 내밀면서 내 눈을 들여다보았다. 나는 눈을 깜박였다. 다섯 번은 아니고 세네 번쯤. 왜냐면 갑자기 눈물이 쏟아졌기 때문이다. '내가 도와줄게요.'라는 그 문장을 읽고 나서야 내가 도움이 필요했다는 것을 깨달았다. 그동안 나는 도움을 증오했었다. 내가 요청하지도 않았는데 도움을 주려는 착한 사람들은 세상에 널려 있고 나는 그 사람들이 싫었다. 나는 살면서 도움을 요청한 적이 거의 없었고 가능한 한 도움을 요청하지 않으려고 노력했다. 항상 여러 가지 상황에 미리 대비하며 살아왔다. 그런데 이제는 인정해야겠다. 나는 도움이 필요하다. 내 눈에서는 눈물이 통제 불가능한 수준으로 흘러내리고 있었다. 내 마음이 우는 게 아니라 몸이 우는 것 같았다. 눈물이 계속 흘러나왔다. 울면서 간신히 말했다.

"도와주세요."

은행 직원은 급히 달려온 청원 경찰과 함께 나를 직원 휴게소로 데리고 갔다. 잠시 후 경찰도 왔다. 경찰은 내가 어떤 놈들한테 걸려서 여기까지 왔는지 궁금해했지만 나는 여전히 울고만 있었다. 경찰이 물었다.

"학생, 얘길 해야 도와주지. 여기 주민등록증에 있는 이름 학생 거 맞아? 주소도 맞고? 집 전화번호 좀 대 봐. 학생 잘못 아니니까, 괜찮아. 말해 봐. 도와주려고 그러는 거야. 엄마 휴대폰 번호 못 외워? 아빠는?"

나는 더 크게 울기 시작했다. 경찰은 내 주머니에서 휴대폰을 찾아서 열었다.

"아니 왜 통화 목록이 하나도 없어? 학생이 다 지웠어? 그놈들이 다 지우라고 했어? 연락처는 있네."

경찰은 내 연락처 목록에 있는 사람들에게 차례로 전화를 걸었다. 그러면서 계속 한숨을 쉬었다. 내가 알기론 그중에 통화가 가능한 사람은 단 한 명뿐이었다. 한민의 목소리가 흘러나왔다. 경찰은 한민과 통화를 했다. 갑자기 목소리가 낮고 느려지더니 휴게실 밖으로 나가서 길게 통화했다. 그리고 돌아와서는 내게 아무것도 묻지 않았다. 경찰은 은행 직원에게 속닥속닥 이야기한 뒤에 가 버렸다. 은행 직원이 말했다.

"친구가 데리러 올 거예요. 어떤 사정인지 자세히는 모르지만 울고 싶으면 더 울어요. 나도 오늘 점심시간에 점심 안 먹고 화장실에서 울었어요. 우는 게 더 급해서."

나는 울음이 잦아들었다가 다시 크게 울기 시작했다. 끝도 없이 울었다. 이제는 아무도 내게 왜 우냐고 묻지 않았다. 할머니가 돌아가셨을 때부터 그동안 쌓였던 눈물이 그제야 터져 나왔다. 닳아서 아픈 줄도 몰랐던 마음이 아프기 시작했다. 가슴 한가운데에 느껴지는 고통이 선명했다. 마음 밑바닥에 꾹꾹 눌려 있다가 뒤늦게 떠올라 도착한 슬픔이었다. 머리가 아닌 몸부터 우는 울음 같았다. 통곡이 흐느낌으로 잦아들고 목이 쉬어서 더 이상 소리도 나지 않을 때까지 울었다. 내가 우는 동안 위로의 말도 없이 조용히 휴지만 갖다주었던 은행 직원이 담요를 내 몸에 둘러 주며 말했다.

"애도하는 법을 가르쳐 주는 학교가 있으면 좋겠어요. 적당한 애도의 시간을 거치면 뭐든 견딜 만해지거든요. 충분히 슬퍼해요. 충분히 아파하고. 참지 말고. 그렇지만 아무리 슬퍼해도 끝없이 슬픈 일들도 있다는 거, 그걸 인정할 줄 알아야 해요."

몸에서 수분이 다 빠져나갔는지 더는 눈물이 나지 않고 딸꾹질 비슷한 것을 하며 벌벌 떨고 있을 때 한민이 마르첼로와 함께 나타났다. 나는 내게로 뛰어와 냄새를 맡으며 호들갑스럽게 인사하는 마르첼로를 꽉 껴안았다. 털 속에 얼굴을 묻으니 집에 돌아온 것 같았다.

우리는 은행을 나와 묵묵히 걷기 시작했다. 이름도 모르는 은행 직원은 건물 앞까지 배웅하며 은행 이름이 찍힌 커다란 수건을 내게 건네주었다. 수건으로 얼굴을 닦듯이 눈물을 닦으며 집으로 돌아가는 길에 내가 먼저 말을 꺼냈다.

"한민아, 미안해."

"응. 미안해해야지."

"한민아, 이것저것 다 미안해."

"응. 사실 어제 네가 했던 말을 곱씹어 생각해 봤는데 다시 생각해 보아도 내가 그런 말을 들을 이유가 없더라고. 솔직히 말하면 그건 내가 한 번쯤 너한테 묻고 싶었던 말이었어. 네가 잠시 나를 거울삼아서 너 자신을 비춰 보았다고 생각했지. 어쩌면 내가 그랬을지도 몰라. 숨기고 싶은 내 모습을 네가 봤을지도 모르지. 연민과 사랑을 혼동한 건 아니지만 내가 나를 사랑하지 못하기 때문에 다른 사람에게 제대로 사랑을 주지도 받지도 못하는 건 맞아. 마르첼로를 방패처럼 핑계 댔던 것도 맞고. 네 말이 맞아. 그 말을 한 타이밍은 적절하지 않았지만 한 번쯤은 얘기 나눠 볼 만한 주제였어."

"아냐 아냐. 다 취소할게. 그런 말 할 생각이 아니었어. 내가 잠시 미쳤었나 봐."

나는 다급하게 말했다.

"시간을 돌릴 수만 있다면."

"이미 말해 놓고 뭘 취소해. 쪼다력 최고네."

"쪼다력이 뭐야?"

"너처럼 지나치게 남을 배려하고, 소심해서 안 해도 될 고민을 사서 하는 능력을 쪼다력이라고 해. 너를 설명할 말이 필요해서 내가 만들었어."

"젠장. 너는 우주 최강 쪼다의 친구라 좋겠다."

"응."

발걸음이 한결 가벼워졌지만 어색함이 완전히 풀린 건 아니었다. 나는 한 걸음 물러나서 한민의 등을 보며 걸었다. 어쩌면 이 모든 문제의 시작은 내가 한민의 전부를 이해하려고 했기 때문인지도 모른다. 상대방에 대해 모르는 것을 모르는 채로 두고, 그대로 인정하는 게 건강한 사랑일지도 모른다. 그렇게 생각하고 나서야 나는 마음이 놓였다. 사랑을 주는 사람과 사랑을 받는 사람이 같은 감정을 느낀다고 하는 건 환상이다. 그건 처음부터 다른 영역에 놓여 있다. 결코 같아질 수 없다. 그 생각이 나를 무너진 상태에서 빠져나오게 해 주었다. 이해하지 않을 자유를 누릴 필요가 있었다. 그러면서도 곁에 있는 관계가 될 수 있다. 그걸 믿어 보자.

아파트 문 앞에서 헤어지려 할 때 한민이 갑자기 볼에다 뽀뽀했다. 그러고는 웃으면서 손을 흔들며 마르첼로와 도망치듯 달려갔다.

침묵을 듣는 시간

고모마저 떠나고 나한테 남겨진 것은 통장에 들은 삼천오십칠만 원이었다. 그리고 그동안 생활비로 사용하고 있는 엄마카드가 있었다. 나와 엄마를 연결해 주는 유일한 끈이었다. 나는 엄마 카드를 가위로 잘랐다. 헛된 희망을 품지 않기로 했다. 나를 도와줄 사람은 없었다. 이제 나는 혼자다. 처음으로 돈을 벌고 그 돈으로 생활하는 것에 대해 생각해 봤다. 내가 다른 사람들과 몸이 다르고 배려받아야 할 존재라는 약한 생각은 아예 싹을 잘라 내었다. 어디서 일을 할 수 있을까? 돌아다니다 보면 직원을 구하는 곳은 많았다. 식당, 마트와 편의점. 한 달 일해서 번 돈으로 한 달 동안 생활할 수 있을까? 그런 생활을 바탕으로 일 년 뒤, 십 년 뒤 내 모습을 상상할 수 있을까? 상상이 되지 않았다. 상상할 수 있는 한도 내에서 그 미래에는 내가 존재하지 않았다. 미래를 이미 빼앗긴 기분이 들었다. 미래에 내가 없는데 현재의 시간을 거기에 다 던질 수는 없었다. 적게 일하면서 내 시간을 많이 벌어 놓아야 했다. 미래를 만들 시간을. 돈을 적게 벌어도 괜찮아지려면 생활비를 적게 써야 했다.

나는 먼저 원칙을 정해 놓기로 했다. 원칙 없이 돈이 적기만 하면 자괴감에 빠지기 쉬우니까. 딱 1년만 더 살 거라고 가정하고 1년 동안 쓸 물품만 남기고 나머지를 정리했다. 나는 신문에 난 광고를 보고 골동품 업자를 불러서 할머니의 값비싸 보이는 수입 장식품들을 팔았다. 그리고 중고 가전업체 사람을 불러 가전제품과 가구도 한꺼번에 팔았다. 큰 아파트가 휑해졌다. 전화와 도시가스를 해지하고 미납 요금을 내는 데 며칠이 걸렸다. 고모가 두고 간 책과 음악 시디, 할머니의 레코드판들도 중고 서점과 음반 가게에 헐값으로 팔았다. 엄마가 두고 간 약간의 소지품이 담긴 캐리어 가방 하나와 내 소지품이 담긴 커다란 배낭 하나, 이제 그것이 내가 가진 전부였다.

내가 할 수 있는 것들이 많지 않았기 때문에 나의 세계는 작아야 했다. 내 몸을 내가 통제한다는 생각을 하니 정말 내 몸만 남은 것 같았다. 내 몸으로 전 세계가 쪼그라드는 기분이었다. 내 관심이 내 몸에서 다른 세계, 다른 사람들로 확장해 나갈 수 있을까? 다른 미래를 상상할 수 있을까? 나는 두렵고 막막했다. 아무도 나를 대신해서 내 미래를 상상해 주지 않는다는 것만이 명백했다. 새로 이사 올 사람에게 열쇠를 넘기고 나는 집을 나왔다.

아파트 단지 바로 건너편에 고시원이 있었다. 고시원 매니저는 얼마나 머물지 물었다. 나는 일단 한 달이라고 대답했다. 방세는 삼십만 원이었다. 직원은 2층에 있는 방으로 안내하면서 몇 가지 주의 사항을 알려 주었다. 취사는 안 되고 친구를 데리고 오면 안 된다는 것. 빨래는 공동 화장실에 있는 동전 세탁기를 이용해야 했다. 안내받은 201호는 내 방의 반 정도 크기였고 손바닥만 한 창문이 있었다. 빛이 들지 않아서 어두웠고 퀴퀴한 냄새가 났다. 빛바랜 줄무늬 이불은 눅눅했다. 그나마 샤워실이 옆에 붙어 있어서 마음이 놓였다. 침대 옆에 캐리어 가방을 놓고 누웠다. 지금 나는 가출을 했고 집에는 엄마와 할머니가 있다는 상상을 했다. 돌아갈 곳이 있다고 생각했다. 앞으로 평생 여행하는 기분으로 살면 견딜 수 있을 거라고 스스로 위로했다. 나는 계산기를 꺼냈다. 아까는 한 달이라고 했지만 실은 50년은 더 살 거니까 30만 원 × 12개월 × 50년 = 일억 팔천만 원이 필요했다. 내 통장 잔액이 삼천오십칠만 원이니까 일억 사천구백사십삼만 원이 더 필요했다. 뭐 방법이 있겠지. 나는 더 깊이 생각하지 않았다.

고시원에서 생활한 지 며칠 만에 내 고민은 다른 차원으로 바뀌었다. 나는 왜 나만의 부엌이 없고 냉장고가 없지? 이상한 일이었다. 왜 그런지는 이성적으로 이해하고 있지만 몸으로 받아들일 수가 없었다. 그런데도 하루에 세 끼나 먹어야 한다니. 도대체 그 음식들은 어디서 나오는 거지? 어떻게 지구 위 수십 억의 인간들이 하루에 세 끼를 먹고 있는 거지? 나는 고시원 옆에 있는 분식집에서 사흘 연속으로 떡볶이를 사 먹은 다음 이래서는 안 된다는 깨달음을 얻었다. 식단을 짜서 다양하게 사 먹을 필요가 있었다. 편의점 도시락에 대해 연구해 보았다. 그리고 그보다는 먹을거리를 스스로 해결하는 방법을 배워야 했다. 하지만 나는 부엌이 없었다. 당연하게 주어진 거라 전혀 의식하지 않아도 되었던 의식주를 항상 의식하고 선택해야 하는 것으로 전환해야 했다. 갑자기 세상이 달리 보였다.

길에 걷고 있는 사람들은 나 빼고 다들 갈 곳이 있어 보였다. 다들 부엌이 있는 집에서 살고 있는 것 같았다. 나는 길에 엎드려 구걸하고 있는 사람들의 등을 처음으로 자세히 살펴보았다. 나도 그 옆에 나란히 엎드려야 할 것 같았다. 이전에는 지나쳤던 그 사람들에게 눈길이 갔다. 병원에 누워 있던 할머니 생각이 났다. 할머니는 처음에는 앉아 있다가 점점 몸을 못 일으켰다. 나중엔 수평선처럼 누워 있었다. 그렇게 영원히.

있을 곳을 구하고 나니, 엄마를 찾으러 갈 것인가 말 것인가 하는 문제에 당면했다. 엄마가 두고 간 휴대폰 전원을 켜니 모든 데이터가 지워져 있었다. 엄마 번호로 전화를 걸면 없는 번호라는 안내가 나왔다. 나를 두고 떠난 사람을 찾아가는 게 옳은 일인가 고민했지만, 나는 엄마에게 들을 말이 남아 있었다.

할 말도 남아 있었다.

할머니는 늘 얘기했다. 누구나 그럴 수밖에 없는 이유가 있기 마련이라고. 모두가 옳지만, 각자의 옳음들이 충돌하는 지점이 있는데 그곳은 비어 있다고, 구멍처럼. 세상엔 그런 빈 구멍들이 여러 곳 존재하는데 그곳을 진실이라고 부르며, 그 구멍 안을 들여다보기 전에는 누구도 비난할 수 없는 법이라고 했다. 비슷한 얘길 할머니 친구인 최 사장 할아버지도 했었다. 최 사장 할아버지는 법이 충돌하는 그 빈 구멍을 돈다발이라고 불렀다. 결국 그분은 사기죄로 감옥에 들어갔지만. 돈다발이자 진실인 그 구멍에 무언가가 있긴 할 것이다. 그 빈 구멍을 찾아가고 싶었다. 내가 엄마를 찾아 나서기로 한 또 다른 이유는 비난하고 싶지 않았기 때문이다. 나는 기본적으로 모두가 자신의 입장에서 옳은 결정을 내린다고 믿었고, 그 옳은 선택에 대해 직접 듣고 싶었다. 하지만 어디서? 엄마처럼 흔적을 안 남기고 살기도 흔치 않을 것이다. 엄마의 흔적은 나밖에 없었다. 나와 관련되지 않은 엄마의 삶은 0에 가까웠다.

나는 고시원으로 이사 간 후에도 이틀에 한 번은 옛날 집으로 가서 우편함을 뒤졌다. 혹시나 우편으로 엄마의 소식이 올까 싶어서였다. 새로 이사 온 분에게도 사정을 이야기하고 미리 허락을 받아 두었다. 이날도 내 앞으로 온 편지가 없는 것을 확인하고 가려다가 혹시나 싶어서 우편함 아래 깊숙이 손을 넣었다. 바닥에 편지가 하나 깔려 있었다. 내 앞으로 온 편지였다.

외국 우표가 붙어 있었다. 나는 편지를 뜯었다.

수지야

너한테 편지 처음 써 보네. 너 어릴 때는 참 많은 대화를 나눴는데. 말없이 떠나온 거 미안해. 너 보면 마음이 약해져서 못 떠날 것 같았거든. 네가 가장 힘들 때 떠나와서 미안해. 그렇지만 오래전부터 계획한 것이었고 이 기회를 놓치면 그다음 기회는 없을 것 같았어.
수지야, 잘 알고 있겠지만, 엄마도 실수할 수 있어. 엄마가 되어 보는 게 처음이잖아. 너도 그렇겠지만 나도 인생 처음 살아 보는 건데 옳지 않은 선택을 할 수도 있지. 후회를 할 수도 있고. 오랫동안 죄책감을 느끼며 후회하고 살았는데 이젠 그렇게 살고 싶지 않아.
너를 처음 농인 교회에 데리고 갔을 때가 생각나. 집사님이 이제부터 너에 대해선 걱정 안 해도 된다고 했어. 그런 말을 그때 처음으로 들었어. 마음에 맺혔던 응어리가 풀어지는 느낌이었어. 그 교회엔 네 어려움을 잘 이해할 수 있는 사람들이 많고, 네게 필요한 도움을 줄 수 있다고, 이제부턴 걱정할 필요 없다고, 잘 왔다고 말하는데 갑자기 너무 두려웠어. 네가 내 손이 미치지 않는 곳으로 사라지는 느낌이었고, 나보다 너를 더 잘 이해할 수 있는 사람들이 있다는 사실이 갑자기 모욕으로 느껴졌어. 그래서 도망치고 말았어. 너한테 친구를 만들어 줄 첫 기회였는데. 학교에 보내고 나서도 마찬가지였지. 결국 내 이기심이 너를 외톨이로 만들었다고 많이 자책했어. 그런데도 너는 참 훌륭하게 자라 주었지. 정말 고마워.

수지야, 이제부터 나도 내가 원하는 삶을 살고 싶어. 예전에는 너를 위해서 희생해야 한다고 생각했는데, 그건 옳지 않은 것 같아. 나는 네가 행복하게 원하는 삶을 살길 바라지 나를 위해서 희생하길 바라진 않거든. 마찬가지라는 생각이 들었어. 너에게 만족스럽고 행복한 삶을 사는 내 모습을 보여 주고 싶어. 엄마지만 동시에 인생의 선배이기도 하잖아. 내가 잘 사는 모습을 보여 주고 싶어. 내가 너무 어른스럽지 못하고 철이 덜 든 것일 수도 있는데 그게 나인걸. 지금껏 공허하게 살았는데 더는 그렇게 살고 싶지 않아.

나는 사실 소리를 좋아해. 네가 태어나기 전에는 매주 극장에 갔어. 영화 보는 것을 좋아했거든. 영화 속 음향에 특별히 관심 있었어. 소리를 만들고 매만지는 일을 하고 싶었는데 너를 생각해서 그 꿈을 포기해야 한다고 생각했어. 네가 어렸을 때 병원 치료를 제때 못 받아서 소리를 못 듣게 되었는데, 어쩌면 나 때문에 그럴지도 모르는데, 너를 그렇게 만들어 놓고 나 혼자 소리에 탐닉한다는 게 말이 되니? 내가 소리를 들을 수 있다는 사실만으로도 평생 너에게 미안해했는데? 그런데 이제는 미안해하지 않으려고. 만약 반대로 네가 내 엄마고 내가 딸이었다면 나는 엄마가 원하는 꿈을 펼치길 바랐을 것 같아. 그런 마음으로 오랫동안 유학을 준비했어. 나는 내 꿈을 이룰 거야. 이런 나를 이해해 주렴. 사랑해.

편지는 그게 끝이었다. 나보고 앞으로 어떻게 살라는 얘기는 한 마디도 없었다. 편지가 정말 이게 다인가 싶어서 다시 읽어 보고 또 읽었다. 엄마 편지의 내용이 너무나 예상 밖이라 나는 화도 낼 수가 없었다. 화를 이길 수 있는 건 '어이없음'밖에 없다. 편지에는 꼭 돌아온다는 약속도, 내가 찾으러 갈 수 있는 주소도 없었다. 엄마는 나의 보호자로 살기를 이미 내려놓은 것이다. 내게 조금의 희망이나 기대를 남겨 놓지 않았다.

남아 있는 것이 없으니 차라리 가볍게 시작할 수 있었다. 엄마는 떠났고 내게 돌아오지 않을 것이다. 나도 모르게 내 입술 끝이 미묘하게 움직이며 웃고 있었다. 오래전에 내가 피아노를 포기하던 날 엄마의 얼굴에 떠오른 바로 그 웃음이었다.

엄마는 정수지의 보호자가 아니라 이해나로 살기로 선택했다. 그러니까 자아를 발견하고 껍데기를 깨고 날아오른 건 내가 아니라 엄마였다. 편지에 할머니 얘기는 단 한 마디도 없었다. 그런데 오히려 할머니를 잃은 엄마의 슬픔이 더 느껴졌다. 그 슬픔은 아직도 엄마 마음속 깊은 곳에서 나오지 못했다. 나오려면 시간이 필요할 것이다. 나와 마찬가지로.

엄마의 편지를 읽은 날, 할머니가 돌아가시고서 처음으로 할머니 꿈을 꿨다. 할머니는 한껏 아름답게 치장하고 나를 찾아오셨다. 옛날 집의 마당으로. 마루 끝에 앉아 있는 나에게 이렇게 말씀하셨다.

"너는 내가 잘되게 다 도와줄 테니 아무 걱정 말아라. 너는 이제 걱정할 일이 하나도 없다."

할머니의 목소리는 인공 와우를 통해서 들려오는 소리가 아니라 가끔 꿈속에서만 듣는 선명한 목소리였다. 아마도 내 몸은 아기였던 때 들었던 소리를 아직도 담아 두고 있나 보다. 내 꿈은 목소리들을 서랍 속에 넣어 보관하다가 이렇게 가끔 선물처럼 꺼내 준다. 할머니에게 대답을 못 하고 깼지만 나는 할머니의 말을 믿었다. 할머니 말에 용기를 내어 다음 날부터 구인 사이트에서 아르바이트 자리를 찾기 시작했다. 이력서를 써서 이메일로 보내거나 직접 찾아갔다. 열 군데 정도 찾아갔지만 받아 주는 곳은 없었다. 다들 같은 얘기를 했다. 장애인에 대한 편견 같은 건 전혀 없지만, 내가 고등학교 졸업을 안 하고 자퇴한 것이 걸린다고. 혹은 내가 귀를 못 듣는 건 전혀 문제가 되지 않지만 일한 경력이 없는 게 걸린다고. 어쨌든 일을 시작해야 경력이 생길 텐데 아무도 내게 첫 기회를 주지 않았다. 나의 뺑쟁이 할머니는 꿈속까지 찾아와 또 뺑을 친 것 같았다.

나는 홍대 앞으로 가서 구인 광고가 붙어 있는 곳마다 들어가서 이력서를 내밀었다. 다들 나중에, 나중에, 필요해지면 연락을 준다고 했다. '나중에'는 내가 가장 싫어하는 단어가 되었다. 걷다 보니 긴 굴뚝이 있는 발전소 앞까지 오게 되었다. 다리가 너무 아프고 지쳤다. 나는 이력서를 내기 위해서가 아니라 쉬기 위해서 근처 카페로 들어갔다. 누구와 만날 약속을 한 것도 아니고 그저 혼자 쉬기 위해 카페에 들어간 적은 처음이었다. 창가 자리에 앉아서 커피를 주문했다. 작은 카페였고 손님은 나를 포함하여 두 명뿐이었다. 그 손님은 곧 나갔는데, 그러자마자 카페 사장님은 음악을 껐다. 나는 내가 언제나처럼 헤드폰을 쓰고 있다는 것을 깨달았다. 무심한 듯한 배려가 고마웠다. 음악이 없는 카페에 앉아 있으니 마음속에 고요와 평화가 찾아왔다. 손님은 나 하나뿐이었고, 카페 사장님은 나를 전혀 신경 쓰지 않고 책을 읽고 있었다. 그 아늑하고 고요한 공간에 방해받지 않고 홀로 앉아 있는 것이 말로 표현할 수 없이 좋았다. 사치스럽다고 여겨질 정도로. 카페 통유리 밖으로 산책하는 사람들이 많았다.

나는 산책하는 사람들과 길 건너 나뭇잎이 바람에 흔들리는 모습을 보며 그곳에 오랫동안 앉아 있었다. 햇볕이 따스했다. 고시원에 돌아가기 싫었다. 이곳이 집이면 좋겠다고 생각했다. 아니, 이 공간이 나였으면 좋겠다고 생각했다. 그것을 꿈으로 삼을 수도 있지 않을까? 장래희망을 갖고 그 꿈을 이루기 위해 노력하는 삶을 살아야 한다고 내내 배워 왔지만, 사람이 꼭 무언가가 되기 위해서만 살아야 할까? 아무도 되고 싶지 않을 수도 있잖아. 이처럼 누군가에게 위로가 되고 잠시라도 집이 되어 줄 수 있는 공간을 만들고 유지할 수 있다면 어떨까. 나는 어릴 적에 살았던 나의 첫 집이 내게 주었던 위안과 사랑을 생각하며 그런 공간을 다시 만들겠다고 다짐했다. 그것을 꿈이라고 해도 될 것 같다.

다음 날에도 나는 그 카페에 갔다. 이번에는 용기를 내어 혹시 직원을 구하냐고 물었다. 카페 사장님은 미안해하며 '우리 가게가 직원을 뽑기에는 손님이 너무 없어서'라고 말했다. 지금까지 들은 것 중 가장 솔직한 거절이었다. 솔직한 대답이라 기분도 전혀 나쁘지 않았다. 나는 이번에도 같은 자리에 앉았다. 수첩을 펴 놓고 구체적으로 내가 만들고 싶은 공간을 그려 나가기 시작했다. 가구 배치도를 그리고 문과 창문의 생김새도 그렸다. 그런 다음에 그 공간에 있어야 할 것과 없어야 할 것의 리스트를 적었다. 그 리스트는 계속 추가되고 수정될 것이었다. 공간이 실제로 탄생할 먼 미래의 그날까지. 그리고 수첩의 새 페이지를 펼쳐서 지금의 나를 위해서 내가 나에게 제출하는 이력서와 자기소개서도 썼다. 내가 어떤 사람이고, 어떤 삶을 살아왔는지, 내가 좋아하는 건 무엇이고 괴로워하는 것은 무엇인지.

나는 그것을 혼잣말 이력서라 명명했다. 면접 때 제출할 자기소개서를 쓸 때는 내가 할 줄 아는 게 아무것도 없어서 쓰기 괴로웠는데 스스로에게 나 자신을 소개하는 글을 쓰니까 할 말도 많고, 헛살았다는 생각이 전혀 들지 않았다. 다음 날에도 나는 그 카페에 가서 같은 자리에 앉았다. 수첩의 빈 페이지를 펴 놓고 앞으로 어떻게 살아야 할지 생각해 보았다. 앞으로 어떻게 살아야 할지 막막해서 우선 내가 좋아하는 것들을 적었다. 내가 좋아하는 것은 산책이다. 마르첼로와 한민과의 산책. 그것을 계속할 방법이 있을까? 그걸로 남을 도울 방법이 있을까? 의미 있는 시간을 만들어 낼 수 있을까? 찾아 보면 방법이 있을 것 같았다. 나는 수첩의 새 페이지를 펴서 '산책을 듣는 시간'이라고 크게 적었다.

나는 한민이 다니는 학교로 찾아갔다. 대학교는 고등학교보다 클 거라고 생각은 했지만 이렇게 클 줄 몰랐다. 나는 안내 표지판을 보고 일단 중앙도서관을 찾아서 계단에 앉았다. 한민은 언젠가 도서관에 올 테고, 마르첼로는 멀리서도 찾기 쉬울 테니까. 그리고 내가 마르첼로를 놓쳐도 마르첼로가 나를 찾아낼 테니까. 내 예상은 적중했고 한 시간쯤 뒤에 마르첼로가 내게 달려와 정신없이 얼굴로 몸을 여기저기 들이받으며 인사했다. 한민은 천천히 걸어와서 내 옆에 앉았다. 말없이 한참을 나란히 앉아 있었다. 이윽고 한민이 먼저 말을 시작했다.

"아기 고양이들 보면, 낯선 동물이 다가오면 몸을 부풀리잖아. 털도 세우고 마치 큰 동물인 것처럼 굴잖아. 아기 고양이가 왜 그랬을까. 두려워서 그랬겠지. 가끔은 내가 그렇게 몸 부풀린 아기 고양이 같다고 생각해. 내가 뭐 대단한 사람인 것처럼 굴었는데 사실 그렇지 않다는 거 잘 알고 있어."

"아니, 너는 대단한 사람이야."

"아니라니까. 대학교에 입학하고서 멋지고 활기찬 사람들 속에서 살다 보니까 약간 위축이 되었나 봐."

"들어 봐. 어릴 적에 우리 엄마는 사랑을 전혀 못 받고 사는 사람처럼 보였어. 나는 엄마를 정말 사랑했는데 왜 엄마가 그렇게 외로워 보이는지 이해하지 못했어. 이건 나의 가장 오래된 슬픔 중에 하나야. 그러니까 우리 엄마는 혼자 있는 법을 몰랐어. 진정한 고독은 자기 자신과 함께 있는 거야. 그것은 처음부터 둘이야. 너무 가까워서 닿을 수 없는 둘이야. 그러니까 사람은 자기 안에 결코 이해할 수 없는 또 다른 자신을 가지고 있는 거야. 그러니 사람이 사람을 이해하지 못 하는 게 당연하지. 누구도 닿을 수 없는 부분이 각자 안에 있으니까. 그리고 그걸 인정하게 되는 것만으로도 한 단계 성장하는 것 같아."

"그러면 사람은 자기 안에 있는 자신을 결코 모른 채 살다 죽는 거야?"

한민이 물었다.

"그걸 일깨워 주는 사람이 연인 아닐까? 거울을 들고 있는 사람처럼. 내 안에 그런 존재가 있다는 것을 일깨워 주고 거기서 떨어져 나온 자기 자신을 잠시 볼 수 있게 해 주는 사람."

"너는 그런 존재를 만났어?"

한민이 물었다.

"응. 너는 그런 존재를 만났어?"

내가 다시 물었다.

"응."

"그게 누군데."

"마르첼로."

"그러니까. 그게 문제야. 언제나 너와 나 사이에는 마르첼로가 있어."

"아니야. 마르첼로와 나는 이미 한 몸이야. 나와 마르첼로와 너 사이에는 아무것도 없어. 나는 마르첼로와 뭐든지 함께 해왔지만 너하고만 하고 싶은 것도 있어."

"그게 뭔데."

"몰라."

한민은 수줍게 말하며 고개를 돌렸다. 나는 그의 한쪽 손을 잡으며 다시 말했다.

"나하고만 하고 싶은 게 뭔지 말해 줘."

"그래서 너는 지금 너 자신에게서 빠져나오고 싶니?"

한민이 조심스럽게 물었다.

"그렇게 표현하니까 좀 웃긴데 그런 것 같아."

"그건 나를 사랑한다는 뜻이야?"

한민이 말했다.

"응, 그런가 봐."

내가 대답했다.

"네 냄새 맡아도 돼?"

한민이 말했다.

"응?"

"마르첼로가 내 냄새를 맡는 것처럼 네 냄새를 맡아도 되냐고."

"응. 물론."

그는 마르첼로가 그러듯이 내 손을 들어서 킁킁거리며 냄새를 맡았다. 마르첼로도 덩달아 얼굴을 들이밀고 내 손 냄새를 맡았다. 나는 슬며시 고개를 숙여 인공 와우 장치를 그의 심장 쪽에 대고 쿵쿵거리는 심장 소리를 들었다. 수술받기 전에 할머니가 했던 말이 생각났다. 언젠가 내가 사랑하는 사람을 만나게 되었을 때, 그의 목소리로 사랑한다는 말을 듣길 바란다고. 할머니는 이제 만족하시겠지. 그러다가 고개를 들어 앞을 보니 도서관 앞 계단에 올라오는 사람들이 우리 셋을 피해 계단을 돌아가고 있었다. 나는 머쓱해져서 한민과 떨어져 앉았다.

"사실 나는 오늘 너와 마르첼로를 초빙하러 왔어. 저명한 산책 전문가로. 귀하를 산책 전문 회사의 공동 대표로 위촉하고자 하오니 허락을 내려 주시옵소서."

나는 마치 신하가 왕에게 문서를 내밀듯이 고개를 숙이고 두 손을 높이 올려서 연습장에서 뜯어 온 나의 '산책을 듣는 시간' 사업 계획서를 내밀었다.

"하, 이게 뭐야. 지금은 낮이라 너무 밝아서 못 읽으니 이따 밤에 읽어 볼게. 나 수업 있어서 이만 가 봐야 해. 내일 고시원 앞으로 찾아갈게. 네 시 이십 분에 보자."

나는 마르첼로를 데리고 계단을 내려가는 한민의 뒷모습을 오랫동안 지켜보았다. 관계가 깊어진다는 건 마음에 다양한 방향이 생긴다는 것이다. 이해하려다가 미워지고 용서하려다가 거부하게 된다. 수많은 머뭇거림이 마음속에 수많은 길을 낸다. 그 잔뿌리들이 마음을 단단히 잡고 있다. 나무가 땅에 뿌리를 내리듯. 나에게 애증이라는 단어를 알려 준 할머니에게 문득 감사했다.

나는 부동산을 찾아가 방을 구하는 방법을 알려 달라고 했다. 몇 달 동안 고시원에서 지내며 여행하는 느낌이 드는 건 좋았지만 창문과 부엌을 갖고 싶어졌다. 부동산에서는 옥탑방을 하나 소개해 줬다. 커다란 창으로 빛이 드는 집이었다. 임시로 지은 방이라 허술했지만 월세가 쌌다. 나는 바로 계약서를 작성했다. 할머니가 남겨 주신 돈이 아직 남았지만 아껴 써야 했다. 가구는 사지 않았다. 침대는 침낭으로 대신하고 식탁 겸 책상으로 쓸 수 있는 접이식 좌식 책상을 하나 샀다. 대청소하고 빈방 한가운데에 책상을 펴고 앉아 그 위에 손을 얹었을 때, 긴 여행을 끝내고 돌아온 기분이 들었다. 어쩌면 더 긴 여행의 시작일지도 모른다. 나는 커다란 창으로 들어온 햇빛을 한참 동안 바라보았다. 빛 속에 먼지가 떠 있었다. 문득 내 마음이 투명해졌다고 느꼈다. 만나야 할 사람이 없었다. 미운 사람도 원망스러운 사람도 없었다. 이제부터는 하고 싶은 일을 찾아야 하는데 그건 즐거운 일이 될 것 같았다.

한민은 '산책을 듣는 시간'을 나와 같이하기로 했다. 우리는 수많은 회의를 거쳐서 사업을 구체화했다. 산책을 듣는 시간은 말 그대로 함께 산책을 해 주는 사업이었다. 우리는 홍보 문구를 손으로 써서 서점, 공원, 도서관 등 우리가 좋아하는 장소에 전단을 붙였다.

산책을 듣는 시간

당신의 산책을 들어 드립니다. 산책은 많은 것을 해결해 줍니다. 신청하는 이유를 적어서 연락처와 함께 메일을 보내 주세요. (wonderwandering@gmail.com) 당신의 부족한 시간에서 산책할 시간을 만들어 드립니다. 우리는 함께 산책합니다. 당신의 직업이 무엇인지, 돈이 많거나 적은지, 어떤 병이 있고 과거에 어떤 일이 있었는지 상관없고 궁금하지도 않습니다. 우리가 궁금한 것은 산책하는 바로 그 시간 동안 당신의 눈과 귀와 코와 손으로 무엇을 보고 듣고 냄새 맡고 만지고 있는지입니다. 그 순간을 나눠 주세요. 그것을 듣겠습니다.

산책 신청자가 눈을 감은 한민을 안내하면서 산책을 하고 보고 느낀 것들을 자세히 설명하는 것이 사업의 골자였다. 매일 보는 거리에서 새로운 것을 발견하고 싶은 사람들, 화가나 작가가 되려는 사람들이 주로 지원했다. 전단을 붙인 지 일 주일밖에 지나지 않았는데 벌써 신청자가 많았다. 솔직히 나는 다른 사람이 한민과 산책하는 게 싫었다. 나는 내가 좋아하고 아끼는 순간을 다른 사람들과 공유하고 싶지 않았다. 그대로 그를 뺏길 것 같은 두려움이 있었다. 하지만 두려움을 이기는 법도 배워야 했다. 앞으로 나아가기 위해서는.

우리는 함께 산책 코스와 시간표를 짰다. 산책 프로그램은 세분화해 세 가지 코스를 만들었다. 한민과 마르첼로와 함께 한 시간 정도 산책한다는 것이 기본이었다. 신청자가 눈을 감은 한민을 데리고 산책하면서 눈에 보이는 것을 한민에게 설명하기, 신청자가 눈을 감고 시각 외에 다른 감각으로 느낀 것을 설명하기, 신청자가 마르첼로의 대변인이 되어 마르첼로가 보고 있는 것들을 말로 풀어 설명하기, 이렇게 세 가지 코스가 있었다. 신청자가 산책하면서 한민에게 들려준 말은 모두 녹음되었고 나중에 신청자한테 녹취록과 함께 메일로 보냈다.

나는 메일로 온 신청서를 읽고서 이상한 사람들을 걸러 낸 다음, 산책 스케줄을 관리했다. 한민과 마르첼로와 함께 산책하는 사람들은 감각을 한껏 끌어올려서 평소에는 미처 보지 못했던 것들을 발견하고 깨달았다. 경이로운 경험이었다. 작가,

시인, 배우, 음악가, 좌절한 사람, 심심한 사람, 외로운 사람이 주로 메일을 보내 왔다. 신기하게도 사람들은 함께 산책해 주는 한민에게 기꺼이 돈을 냈다. 세상에는 자기 돈을 쓰면서까지 산책할 시간을 만들어야 하는 사람이 있다는 사실이 놀라웠다.

한민이 내게 말했다.

"나는 세상을 낯설게 보게 하고 싶어. 사람들 내면에 이미 있지만 자각하지 못하는 낯선 감각을 깨우쳐 주고 싶어. 감각을 확장시키고 재분배해서 사람의 몸이 바뀌게 하고 싶어. 몸이 바뀌면 생각이 바뀌니까. 근본적으로 가장 밑바닥에서부터 사람과 세상을 바꾸고 싶어. 그걸 언어로 하면 시인이겠지? 우리는 그걸 산책을 통해서 하고 있는 거야."

나는 이 일을 하기 위해 노트북을 구매했고 내 옥탑방을 작업실로 꾸몄다. 산책 코스를 개발하기 위해서 서울시 지도를 사서 들고 다니며 산책 길을 탐방했다. 숲길보다는 도심 속에서 늘상 다니는 익숙한 길을 주로 걸었다. 그곳에서는 언제나 무슨 일이든 일어난다.

우리는 오전에도 걷고 오후에도 걷고 밤에도 걸었다. 해 뜨고 삼십 분 뒤와 해 지고 삼십 분 뒤 시간대에 특히 신청자가 많았다. 신청 대기자가 많아져서 한민이 혼자 감당을 못 하자 나도 산책 안내를 맡기 시작했다. 나는 인공 와우 장치를 끄고 귀가 안 들리는 상태에서 같이 산책을 했다. 그러면 놀랍게도 사람들은 마음을 열고 낯선 감각으로 세상을 보았다. 산책 중에 아이처럼 익숙한 것들을 새롭게 발견하고 들려주었다. 옆에서 같이 걷는 사람이 듣지 못하는 사람이라는 생각에, 가라앉아 있던 감각들이 고백하듯 끌려 나오는 것 같기도 했다. 이때 나에게 들려준 얘기들은 내가 듣지 못하므로 나중에 한민이 녹취록을 작성해서 산책자와 내게 메일로 보내 줬다. 그 녹취록은 내게 새로운 경험이었다. 내가 있지만 없었던 순간을 되돌리는 과정이 즐거웠다.

한번은 산책한 후 녹취를 풀려고 녹음된 파일을 틀었는데 아무 말도 없었던 사람도 있었다. 그 녹음 파일엔 처음부터 끝까지 가느다란 울음소리만 들렸다. 그 사람은 한 걸음 뒤처져서 걷는 동안 내내 울고 있었던 것이다. 그에겐 울 시간이 필요했던 것 같다. 나는 그것 또한 산책이었고 그의 산책을 들었다고 생각했다.

내 곁에서 수없이 울렸을 테지만 지나쳤던 소리를 산책자들은 잡아서 내게 들려주었다. 도시는 그 많은 것들을 담고 있었다. 몇몇 산책은 산책자의 동의를 얻어 인터넷 개인 방송으로 업로드되었다. 그런 걸 보는 사람이 있을까 궁금했는데 의외로 시청자가 많았다. 한번 산책을 한 사람들에게는 산책을 지속할 수 있도록 한민이 다른 산책 신청자를 연결해 주었다.

산책자들은 산책의 경험을 바탕으로 시를 쓰고, 그림을 그리고, 노래를 만들기도 했다. 이차 창작품들을 모아 발표하는 전

시회 겸 공연도 열었다. 그 시간은 물리적 작품의 형태로 쌓였고 산책자들 간에는 일종의 산책 공동체가 생겨났다. 이 이야기는 기사화되었다. 산책할 시간마저 돈으로 사는 세태를 한탄하는 칼럼이 신문에 실리기도 했지만 좌절한 예술가들이 영감을 되찾은 사례로 부각되면서 긍정적인 기사가 더 많이 실렸다. 인터뷰 요청이 쇄도했고 비슷한 업체들이 많이 생겨났다. 하지만 사람들의 마음을 열도록 하는 한민만의 노하우는 아무나 따라 할 수 있는 것이 아니었다. 한민이 가진 노하우의 핵심은 산책을 하는 사람들이 한민과 함께 있지만 홀로 있을 수 있도록 만들어 주는 것이었다. 함께, 홀로가 모토였다.

산책이 다 끝나면 산책의 어떤 점이 좋았느냐고 나는 매번 참가자들에게 물었다. 한 참가자는 이렇게 대답했다.

"내가 누군지 아무도 묻지 않아서 좋아요. 직업이 뭔지 어느 학교를 나왔고 어디에 사는지 자신에 관해 설명할 필요도 없이, 그저 그 순간 눈에 보이는 것들을 그대로 말해 주기만 하면 되는 시간이 치유에 도움이 되었어요. 잠시 내가 투명해지는 느낌이었지요. 그러다가 더욱 뚜렷해지는 느낌이었고요. 그 순간의 감각을 기억하려고 합니다."

처음 봤을 때와는 달리 편안해진 얼굴이 그것을 증명하고 있었다. 산책을 거듭할수록 우리에게 생각보다 강한 힘이 있다는 것을 깨닫게 되었다. 처음 시작할 때는 이렇게 되리라고 결코 상상하지 못했던 일들이 일어나고 있었다. 물론 크게 변한 것은 없지만 분명 산책 전과 후과 다르고 무언가 작은 변화가 일어났다. 그것이 지속해서 삶에 변화를 불러일으키리라는 것을 짐작할 수 있었다. 그리고 그것이 가능하도록 하는 힘은 처음부터 우리 안에 있었다.

나는 산책을 돕는 일을 할 때뿐만 아니라 평상시에도 종종 인공 와우 장치를 끄고 생활했다. 없는 게 더 편했다. 사업은 나날이 번창했지만, 나의 일은 시 쓰기였다. 나는 임명장도 있는 시인이었다. 나는 이것을 한시도 잊지 않았다. 하지만 아직 단 한 편도 시를 쓴 적이 없다. 시를 써 보려고 시도는 했지만 언제 시가 되는지 알 수 없었다. 시 같은 것을 끄적거리긴 했지만 남들도 이걸 시로 봐 줄까? 나는 확신이 없었다.

시를 쓰기 위해 나는 나 자신과 산책하기로 결심하고 혼자 길을 나섰다. 늘 다니던 길을 생전 처음 걷는 길인 것처럼 감각을 온전히 열어 놓고 걸었다. 여러 명의 산책을 듣다 보니 길이 하나가 아닌 여러 갈래로 느껴졌다. 여러 사람의 눈과 귀를 거쳐서 그 길은 입체적으로 엮였다. 나는 나만의 산책 길을 하나 더하기로 하고 오랜만에 수화로 혼잣말을 하며 걸었다. 길에는 빛이 쏟아졌다. 그 빛의 결을 완벽히 다 설명할 수 있는 언어를 내가 갖고 있다면 참으로 좋을 텐데. 한 할머니가 유모차를 끌고 맞은편에서 걸어왔다. 유모차를 끈다기보다는 유모차가 할머니를 끌어 주고 있었다. 할머니를 지나칠 때 나는 유모차 안을 무심코 들여다보았다. 유모차 안에는 숨을 간신히 몰아쉬고 있는 작고 늙은 개가 담요를 덮고 누워 있었다.

그 둘을 지나쳐 낯익은 길을 걷다가 나는 샛길로 빠져서 낯선 동네로 나아갔다. 걷다가 큰 나무 앞에 도착했다. 동네 입구에 주인처럼 서 있는 나무였다. 나는 건너편에 앉아 그 나무를 오래 바라보았다. 나무는 나뭇잎으로 무성했다. 계속 쳐다보니 나뭇잎은 깃털 같기도 하고 벌레 같기도 했다. 자꾸자꾸 자라나 흘러내리는 것 같았다. 나뭇잎을 나무의 자식이라고 생각할 수도 있을 텐데. 내 것이 아니라고 미련 없이 나뭇잎들을 떨궈 버리는 나무들도 있겠지. 나뭇잎을 싫어하는 나무는 어떻게 살까? 나는 계절이 바뀌는 내내 나뭇잎을 지켜봐야 하는 나무의 고독에 대해서 생각했다. 그 떨어지는 나뭇잎 하나하나가 음이어서, 나무만 들을 수 있는 긴 노래 한 곡을 사계절 내내 연주한다면 어떨까. 그래도 나무는 고독할 것이다. 나무를 오래오래 바라보면서 문득 시를 쓴다는 건 결국 태도의 문제라는 생각이 들었다. 결국 시선과 태도의 문제다. 시도 사랑도.

나는 일주일에 한 번씩 할머니의 무덤에 들른다. 17층 건물 옥상에서 몸에 안전장치를 단 채 철제 비상 사다리를 타고 내려가는 게 쉬운 일은 아니다. 하지만 그곳은 지금 내가 서울에서 가장 좋아하는 곳이다. 들꽃으로 가득한 공터 한가운데에 할머니 무덤이 있다. 나는 다른 곳에 있는 잡초는 내버려 두고 봉분 위의 잡초만 뽑았다. 그곳에 누우면 하늘이 네모다랗게 보였다. 창문 같기도 했다. 나는 가끔 생각했다. 할머니가 땅문서를 남겨서 유산을 남겨 주었다면 내 삶이 조금은 편해졌을까? 그건 잘 모르겠지만, 할머니가 땅문서를 하늘나라로 가져간 건 잘하신 일인 것 같다. 살아 있다는 건 세상에 빚지는 일일 수도 있다. 삶이 아름다웠다고 생각하는 사람일수록 세상에 빚졌다는 생각이 강하게 들 테니, 할머니는 통행세를 들고 하늘나라로 갈 수밖에 없었을 것이다.

집이라는 단어를 들었을 때 떠오르는 건 언제나 어릴 적의 시끌벅적한 하숙집이었다. 하숙을 그만두었을 때도 집은 늘 할머니 친구들로 북적거렸다. 다시는 그런 시끌벅적한 집을 가질 수 없다는 것을 이제는 안다. 나는 가족도 없고 그만한 사람들이 들어갈 집도 살 수 없을 것이다. 영원히. 내가 사랑하는 두 사람이 한 명은 땅속에, 한 명은 바다 건너에 있다는 것을 이제야 편안하게 받아들일 수 있게 되었다.

나는 내가 비로소 슬픔을 배웠다는 것을 알았다. 이제야 엄마에게 화를 내지 않을 수 있게 되었다. 숨을 방이 있고 필요할 때 숨을 줄 아는 사람은 아마도 건강한 사람일 것이다. 나는 이제서야 엄마가 블랙홀처럼 마음을 닫고 있던 시절에 행복했을 수도 있다는 걸 깨달았다. 안으로 숨어 있는 동안 엄마는 행복했을 수도 있는데 왜 엄마가 아프다고 생각했을까. 내가 이해할 수 없다고 해서 틀린 건 아닌데. 내가 아픈 엄마를 걱정했다는 것은 핑계였다. 나는 엄마에게 위로받지 못했던 나를 걱정했다. 그걸 이제야 깨달았다. 내 눈에는 오로지 나만 보였지. 블랙홀에 빠져 있는 것 같았던 엄마, 어쩌면 그때 엄마는 마음의 바닥에 가라앉아 있는 가장 아름답던 시절로 돌아가 비밀들을 하나씩 꺼내 와서, 그것을 새로 펼쳐질 날에 하나씩 대 보고 있었을지도 모른다.

나는 먼저 나 자신과 좋은 친구가 되어야 한다던 할머니의 말을 떠올렸다. 나는 나를 존중하고 내 선택을 존중하고 내가 사랑하는 사람을 존중할 것이다. 그 시간을 존중할 거라고 다짐하면서 나는 산책을 계속했다.

작가의 말

사계절문학상을 받게 되었다는 소식을 들었을 때 무척 기뻤습니다. 4년째 수정 중인 이 원고를 더는 고치지 않아도 되기 때문입니다. 하지만 기쁨도 잠시, 추가로 작가의 말을 써야 한다는 소식을 들었습니다. 할 말은 이미 다 했는데 무엇을 더 써야 할지 알 수가 없어서 일하는 카페에 자주 오시는 C 소설가님께 물었습니다. 나중에 후회하지 않으려면 어떻게 써야 하는지. 이분은 작가의 말을 여러 번 쓰신 분이라 후회하지 않게 쓰는 법을 잘 알고 계실 것 같았습니다. C 작가님은 세 가지를 명심하면 된다고 했습니다.

1. '작가의 말'에 잘난 척을 하지 마세요. (나중에 반드시 후회

하니까.)

2. 변명할 일이 생길 것 같으면 그걸 미리 쓰세요.

3. 신간은 곧 구간이 됩니다. (그러니 걱정하지 마세요.)

물론 농담으로 해 주신 얘기였지만 틀린 말은 아닌 것 같습니다. 저는 이 얘기를 두려운 것을 쓰라는 말로 들었습니다. 첫 소설이 책으로 나온다는 건 기쁜 일이지만 동시에 두려운 일이기도 하니까요. 그래서 저는 제가 두려워하는 것이 무엇인지 이 지면을 빌려 솔직히 적을까 합니다.

10년 전쯤 친구들과 단편 영화를 찍었는데, 저는 동시 녹음을 담당했습니다. 고성능 마이크를 연결하고 음향 장비의 전원을 켰을 때, 헤드폰을 통해 들려오는 수없이 다양한 소리를 듣고 깜짝 놀랐습니다. 세상에 이렇게나 많은 소리가 있는데 그중 극히 일부만 들으며 살아왔다는 걸 뒤늦게 깨달았습니다. 그렇게 적은 소리를 듣고 사는 대부분의 사람들이 자기들보다 더 적은 소리를 듣는다는 이유로 청각 장애라는 단어를 만든 게 불합리해 보였습니다. 개의 후각 능력은 인간보다 수천 배나 뛰어나지만, 후각 능력이 떨어진다는 이유로 인간에게 후각 장애가 있다고 생각하지는 않을 테니까요. 어쩌면 장애란 말 자체가 구시대적이고 낡은 편견일지도 모르겠습니다. 사람들은 각자 세상을 느끼는 범위와 방법이 다르고, 각자의 방식이 존중되는 게 당연하다는 생각을 바탕으로 이 소설을 썼습니다.

하지만 여전히 제가 잘못 생각했거나 잘 몰라서 누군가의 마음에 상처를 입힐까 두렵습니다. 소설 속에서 주인공 수지는 자신이 다른 사람을 제대로 이해하지 못할까 봐 두려워합니다. 그것은 저의 두려움이기도 합니다. 이해하고 싶어서 소설을 쓰기 시작했지만, 결국 아무도 이해하지 못한 채 마무리를 지었습니다. 또 알지 못하는 것에 대해 잘 아는 척 떠들었다는 자괴감도 듭니다. 하지만 소설가는 모르는 것을 쓸 수밖에 없는 것 같습니다. 자신이 경험했고 잘 아는 것만 써야 한다면 감옥은 살인자가 나오는 소설을 쓴 작가들로 넘쳐 나겠죠. 세상을 있는 그대로 보여 줄 수도 있지만, 존재하지 않는 세상을 보여 주는 게 소설가의 일인 것 같습니다. 때로는 허구가 진실을 더 잘 드러나게 할 수도 있습니다. 수지와 한민이 다니는 특수학교 역시 실제 특수학교와 아무 관련 없는 가상의 학교임을 말씀드립니다.

다른 사람을 완벽히 이해하는 것은 불가능하지만 사람들은 그 불가능한 일을 하기 위해 기꺼이 시간과 노력을 내어 주곤 합니다. 저는 친구를 사귈 때 그랬고, 이 이야기를 쓰면서도 소설 속 인물들과 친구가 되기 위해 시간과 노력을 들였습니다. 이 책을 읽으신 분들도 시간을 내어 읽는 노력을 하셨을 겁니다. 타인을 혹은 이야기를 온전히 이해하는 게 불가능하다는 것을 알면서도 기꺼이 시간을 내어 다가가는 것. 그렇게 한 걸음 다가가면 절대 일어나지 않을 거라고 생각했던 일들이 마법처럼 일어나게 됩니다. 저는 그 마법을 믿습니다. 마법의 힘으로 다양성이 포용되고 존중받는 사회를 만들어 갈 수 있다고 생각합니다.

저는 친구들에게 줄 선물을 만드는 기분으로 이 소설을 썼습니다. 이 책을 읽은 분들도 읽고 나서 친구한테서 선물을 받은 기분이 들면 좋겠습니다. 글을 쓰는 동안, 그리고 책이 완성되기까지 정말 많은 사람의 도움을 받았습니다. 도움을 주신 분들께 감사를 드리고 싶습니다. 무엇보다도 제가 글을 끝까지 쓸 수 있도록 바로 옆에서 사랑과 친절을 베풀어 준 가족과 커피발전소와 친구들에게 무한한 사랑을 전합니다.

정은

산책을 듣는 시간

2018년 8월 20일 1판 1쇄
2023년 4월 20일 1판 12쇄

지은이 정은

편집 김태희, 장슬기, 나고은, 김아름 **디자인** 김민해
제작 박흥기 **마케팅** 이병규, 이민정, 최다은, 강효원 **홍보** 조민희

인쇄 천일문화사 **제책** J&D바인텍

펴낸이 강맑실
펴낸곳 (주)사계절출판사 **등록** 제406-2003-034호
주소 (우)10881 경기도 파주시 회동길 252
전화 031)955-8588, 8558 **전송** 마케팅부 031)955-8595 편집부 031)955-8596
홈페이지 www.sakyejul.net **전자우편** literature@sakyejul.com
블로그 blog.naver.com/skjmail **페이스북** facebook.com/sakyejul
인스타그램 instagram.com/sakyejul

ISBN 979-11-6094-387-0 44810
ISBN 978-89-5828-473-4 (세트)